AF279958

Herstellung und Verlag:
Books on Demand GmbH, Norderstedt

Des Bischelsche

Des is e Verzählsels iwwer Woihnachde aus de Kinnerzeit in de Siebzischer Johre. So wie märrs dehääm als gfeiert hot. Mit de ganze Bagahsch, mit de Oma, mimm Hund un mimm Oba. So wies war in re Aweiderfamilie mit viele Grewwerde, un ohne viel Färz. Do warn die vum Babba aus Zigarrekischdelscher (der hot nämmlisch emol geraacht wie en Schlot!) selwärr zammegeworschdelde Bobbehaiselscher mit viele urgemiedlische Schdibbscher drin, un die dodezu geheerische Bebbscher un Teddybärscher *des* Lieblingsschbielzeisch vun dänne klääne Banggerde schleschthie. Die Mama hot als noch ganz klääne Kleedscher färr die klääne Bobbekischebebbscher un Deggscher färr dänne ihr Bobbebeddscher ghäkelt. Un sie hot Kleedscher, Aaziegelscher, Käbbscher, Seggelscher un Unnerhesselscher färr die große Bobbe gschdriggt. Des war e Gaudi! Un wie se färr Woihnachde als es Woihnachdsgutsel gebagge hot, hots aach immer Breedscher, Kuche un Brezzle färr die Bobbekisch gewwe.
Färr die Buwe hot de Babba e elektrischi Eisebahn gebaut un e Cowboyschdadt aus eschdem Holz. Wie die dann noch mit tübbische Wild Wesd-Farwe gschdrische worre is, hoschd eschd gemäänt, du bischd beim Ould Tschädderhänd. Odder beim Leddersogge. Un beim Tschinggatschgohg. Kännschd Faier kreische!
Un weils in re Aweiderfamilie nie rischdisch Kohle gewwe hot färr zum Verdummbaidle, hänn die Grewwerde in die Triggkischd gelangt un hänn sisch unner annrem viele Schbielsache selwärr gebaschdelt. Des hot nit nur dänne ihr Fantasie aageregt, des kammärr so allää nit schdehe losse: Des waren pädagogisch wertvolle Maßnahme! Les es selwärr, wärrschd begeischdert soi.

Die Audorin

Die Heidi Groh-Ott is e Pälzer Grott un wohnt am Dunnersbärg. Wo se selwärr noch e klääni Grewwerdsen war, hot se als es liebschd mit ihre Bobbe, Bebbscher un Bärscher gschbielt. Des macht se iwwrischens heit aach noch. Die klääne Schbielgfährte dowen als in ihre Bobbehaiselscher un Bobbeschdibbscher rum, dass ääm grad so ´s Herz uffgeh kännt!

www.hgo-teddorius.de

2

Heidi Groh-Ott

Un an Woihnachde die Bobbekisch

**E Verzählsels iwwer Woihnachde
aus de Kinnerzeit in de Siebzischer Johre.
So wie märrs dehääm als gfeiert hot.**

Uff Pälzisch

Herstellung und Verlag:
Books on Demand GmbH, Norderstedt
ISBN 978-3-8391-4330-8

Färr de Klaus,
moim liewe Bär in Männergschdald.

Un färr alle Bobbe, Bebbscher un Petze.

Un nit zuletschd färr moi liewi Oma Helle selisch.
Un färr die gsamt liewenswert Bagahsch.

Un an Woihnachde die Bobbekisch

Märr hänn uns moijens als ball de Arsch abgfrore!

Jo, verregg! Die Hitz aus em Ehlofe war iwwer Nacht zum Deiwel gange. Awwer nit de Glanz vun userm Krischdbaam! Nit emol die dunkel Wohnschdubb hot em soi majesdätischi Ausschdrahlung mopse känne! Der hot sogar noch im Dunkle gschdrahlt wie en Butzäämer! Wann als soi Lischdelscher gebrännt hänn, wann er gfunkelt un geglitzert hot, hämmärr rischdische Gänsekligger kriehd! Wanns nit grad Woihnachde gewese wär, hädde märr im Dunkle un im Kalte newer so emme große Mordsinschdrument vun emme Baam bschdimmt Verreggelschers gschbielt! Awwer an Woihnachde war halt alles e bissel annerschd wie sunschd. Do war sogar ´s Friere am frieje Moije normal gewese! Des hämmärr irgendwie faschd schdillschweigend in Kaaf genumme.

Vun de „Schniddscher" vum Heilisch-Owend-Esse war nix mehr iwwrisch, un de resdlische Erdbeersekt, vun dämm die greeßre Kinner als schunn emol e Schliggsche hänn mitsiffle dürfe, waren vun de Eltern verschdeggelt worre.

Die Schniddscher waren so was wie es Tradition bei uns. Die Mama hot sisch nit aach noch am Heilisch Owend in de Kisch abraggern solle, un so hadd isch re als beim Schmiere vun dänne Brote geholfe. Märr hänn awwer mit Worschd un mit Kees färr uff die Reiderscher nit gschbart! Brot mit Kees un Worschd un Gurge, Kalbslewwerworschd un Senf, Salami, Scheiwekees, Kees zum Schmiere (Buggo un so Zeisch), Cammemmbärrt, Lachs un Zwiwwelscher, hartgekochte Eier, ach, alle Färz halt. Kään so en neimodische Firlefanz wie Bief Schdrohganoff, Lendscher im Bledderdeeg, Haggbroode, Falsche Has, Karwe, Suschi,

Krabbe, Schnegge un Muschle – un lauder so en Bleedsinn. Färr die Schniddscher hab isch därr alles annre schdehe un ligge losse!

Moijens nooch em Heilisch Owend hot dann die ganz Buddik nooch em Krischdbäämsche geroche, nooch Keeskuche un gedeggtem Abbelkuche un versunkenem Kärschekuche, nooch Woihnachdsgutsel, Zimtschderne un nadierlisch nooch de Buddergebäggscher. Des waren die mit de *gute Budder*, wo die Oma als frieher schunn gebagge hot.

Awwer de Ofe war aus. Die Eltern hadden so altmodische Färz an sisch, was märr Ausschloofe nennt. Vorher is de Ehlofe nit aagschdeggt worre! Ei, Faier Dunner Keil noch emol, märr wollten doch awwer ausm Bedd naus un schbiele! Un zwar ohne zu schnaddre un zu bibbre wie in Sibirije! Wännigschdens hadden märrs schbäter, wanns de Eltern *aach* endlisch emol oigfalle war, uffzuschdeie, beim Friehschdigge schää warm. Un was *hämmärr* uns uff *des* Friehschdigg als gfreeht! Endlisch emol kää nooch Budder triefende, langweilische Honischbreedscher un Schelleebrote odder knaatschische Nutella-Wegg in de kalte Kisch, sondern Keeskuche un Eisschrankkuche in de warme Wohnschdubb! Oah, Eisschrankkuche!! Weeschde, was des färr ääner is? Des is en Hefedeeg, der schdunnelang im Kielschrank kalt wärre muss, un wo dann mimm Wärgelholz gewelljert, mit re leggre Nussfilling wie en Debbisch zammegerollt un in die Kucheform schdobbt wärrd. Wann des Meischderwerk als aus em Baggofe kumme is, do hoschd misch awwer halte misse!

Am erschde Woihnachdsmoije hänn märr als schdunnelang gfriehschdiggt. Un uns immer un immer widder die ganze Woihnachdsgschenke, wo märr krieht hänn, aagegugt un demit gschbielt. Es schännschde waren awwer immer die Bobbekische! Moi klääni Schwesder, die Danny, un isch, märr hänn als geziddert wie Eschbelaab, wammärr als schunn im Moijegraue vor unsre Bobbehaiselscher ghoggt un ganz leise gschbielt hänn! Märr hänn abwechselnd gepischbert un gschnaddert. Mir hänn jo bloß ganz dinne, rode Summer-Moijemändelscher färr iwwers Nachthemd ghabt. Awwer rode Kabutze hänn se drahghadde! Die Mändelscher hänn ausgsehe wie e Summerfähnsche färr de Belzniggel!

Oh, du freehlischi,
oh, du schneeischi,
Froschdboile bringendi Schnadderzeit!

8

Märr hänn uns manschmo, es war als noch halwer in de Nacht, de Trafo vun de Buwe ihre Eisebahn un vun de Autorennbahn geklaut, damit märr Lischd ghabt hänn färr unser Bobbekische. Die viele klääne Lämbelscher hänn nämmlisch so e gemiedlisches Lischd in dänne klääne Schdibbscher gemacht! Meischdens hänn die Buwe nachts awwer *aach* schbiele wolle! Märr hänn uns als regelreschde Kämpfscher geliwwert un hänn en mords Zinnower im Trebbehaisel gemacht. Märr hänn als alle zwee Familie in unserm Haisel wach krieht! Do häddschde eschd glaawe känne, dass die Bobbekische un die Eisebahn die äänzigschde Schbielsache waren, wo märr ghabt hänn! Awwer meischdens is uns unsern näschdlische Diebeszuuch geggligt, weil die Eisebahn nit in de Buwe ihre Mansardeschdubb gschdanne hot, sondern wo annerschder. In de Trebbehausgalerie nämmlisch, die war groß genuuch dodefor. Un die Buwe hänn jo schließlisch irgendwann emol in ihrer Mansard penne misse! Wann se als daachsiwwer gegeseidisch ihr Kräfte gemesse un lautschdarke Ringkämpfelscher middenanner gemacht hänn, sinn se owends als dobbelt so schnell oigschloofe. Do hänn märr als unser Bobbekische dreimol hoch lewe losse! Un die schääne Lischdelscher glei mit!

2

Isch hab jo moi Bobbekisch schunn seit isch denke kann. Un seitdämm heeßt se „Bobbekisch". So nennen die Vorderpälzer aach heit noch ihr Bobbehaiselscher. De Babba hot märr moins emol aus Zigarrekischdelscher zammegebosselt, do war isch erschd vier Johr alt! Der hot nämmlisch frieher emol ääni nooch de anner geblotzt un is uff die Art ginsdisch an Holz kumme.

Moi Bobbehaiselsche is zwar zweeschdeggisch, awwer soin Dreh- un Angelpunkt is, wie im große Lewe aach, schunn immer die Kisch gewese. Do wärren aach heit noch alle Fädscher färrs Bobbelewe gschbunne! Awwer aach in de aagrenzende Schdibbscher loßt sischs gut lewe! Do fehlts wärrklisch an nix. Wannde jetzert awwer määnschd, dass moi Bobbehaiselsche perfekt is, dann hoschde disch gewaldisch gschnidde. Do bischde uffm Holzweg: Die meischde Wänd waren urschbringlisch emol mit Dabeede-Resde dabeziert, wo de Babba zammegschnidde hot, e paar Wänd un die Außefassad vun moiner Bobbekisch waren sogar mit Dezifix beklebt. An mansch äänrer Schdell hot sogar so en oggerfarwene Babbes dursch die Dabeede durschgschoint, zwische de Wandfliese un aach unner zarte Gardinscher. Des hot gebabbt un geknaschdert wie sunschd ebbes! Awwer, was soll isch därrn saache:

Isch habs geliebt!

Wer awwer e dermaße aldes verbabbtes Bobbehaiselsche bsitzt, un wer dann dreißisch Johr schbäter vun dämm Gaul geridde wärrd, wo määnt, märr känt des Haisel emol renoviere, uff gut Pälzisch: die verknaschderte Folie un verbabbte Klewer zum Deiwel jaache, kann sisch uff en geheerische Prozess mit soine Bobbekische-Bebbscher gfassd mache! Die plädieren nämmlisch uff Widdergutmachung vun alle Schäde un Folgeschäde *an* un *in* ihre Schdibbscher! So hänn de Klaus un isch nur unner emme geheerisch kraftvolle Uffwand un mit emme Heeßluftfön die Folie widder abkrieht. Awwer zuriggebliwwe war e Schischd, wo wie Harz gebabbt hot un wo genauso wännisch vun de Wänd abgange is. Abreiße un nei baue wär ääfacher gewese! Awwer dann wärs jo nimmi moi Bobbekisch gewese. Un des is jo uff gar känn Fall nit gange! Aller hobb: Babbes hie, Knaschder her – isch hadd trotz allem die schännschd Bobbekisch vun all!

Ei, her, die Bebbscher warn jo tatsäschlisch in die zwedd Inschdanz mit uns gange! Awwer wie se dänn Prozess schließlisch gewunne hänn, hänn se uns uff de annre Seit awwer faschd die Fiß gekissd, weil se neie Dabeede un Debbische krieht hänn! Die Bebbscher hadden zwar die erschde dreißisch Johr lang kään Gaade bei ihrm Haisel, do hädden se jo quasi *aach* maule känne – awwer dodefor hadden se e großi Dachterrass, un hänn wahrschoinlisch deswege die Schnut ghalte. Do hänn se als zwische de Handdischer un de Beddwäsch, wo die Bobbehaiselmuddi zum Driggle uffghängt hot, Verschdeggelschers gschbielt.

´s Dach vun moiner Bobbekisch hot aach kää Ziegle, des war moim Babba als gelernter Dachdegger domols viel zu langweilisch gewese. Er hot ääfach zwee Glasscheiwe färrs Dach genumme un hot em so quasi en bsonnre Schdadus verliehe. Es is also alles in allem e rischdisch perfektes, wunnerschäänes, gemietlisches aldes Haisel. ´s schännschd iwwerhaupt! Un obwohl isch jo erschd viererhalb Johr war, wie er märr des gschenkt hot, hab isch moi Bobbekisch, wie isch aach heit noch zu re saach, immer wie moin Aagabbel behiet!

Mir sinn e Großfamilie, un Geld zum grad emol so zum Verdummbaidle hänn märr nit ghabt. Wie gsaaht, mir Mädscher hadden jo unser Bobbekische, wo die Mama als noch ganz klääne Kleedscher färr die klääne Bobbekischebebbscher un Deggscher färr dänne ihr Bobbebeddscher ghäkelt hot. Un sie hot Kleedscher, Aaziegelscher, Käbbscher, Seggelscher un Unnerhesselscher färr unser große Bobbe gschdriggt. Des war e Gaudi! Un wie se färr Woihnachde als es Woihnachdsgutsel gebagge hot, hots aach immer Breedscher, Kuche un Brezzle färr die Bobbekisch gewwe. De Babba hot märr sogar Schlofschdubbemeewlscher färr moi rischdisch *große* Bobbe gebaut un en Swimmingpool färr unser klääne Bobbekischebebbscher! Die hänn do imme Begge in rischdischem Wasser schbiele, plansche, paddle, tauche un schwimme känne, wann ses schunn gekännt hänn! Färr die Buwe hot de Babba e elektrischi Eisebahn gebaut un e Cowboyschdadt aus eschdem Holz. Wie die dann noch mit tübbische Wild Wesd-Farwe gschdrische worre is, hoschd eschd gemäänt, du bischd beim Ould Tschädderhänd. Odder beim Leddersogge. Un beim Tschinggatschgohg. Häddschd Faier kreische känne!

Mir Kinner hänn als oft in die Triggkischd gelangt un hänn uns unner annrem viele Schbielsache selwärr gebaschdelt. Des hot nit nur unser Fantasie aageregt, des kammärr so allää nit schdehe losse: Des waren pädagogisch wertvolle Maßnahme, wo märr do selwärr ergriffe hänn! Mir hänn uns quasi de Kinnergaade schbare känne! Mir waren dehääm so viele Grewwerde, dass märr allääns schunn en halwe Kinnergaade abgewwe hänn! Un färr des gschbarte Geld hadden märr widder *annre* Lescher gschdobbt!

Mit de Johre hadd de Babba dann noch e ganzi Ladd vun Bobbehaiselscher gebaut. Ääns färr moi Cousine un drei Schdigg färr moi drei klääne Nischdelscher. Awwer moi eigni Bobbekisch is jo wärrklisch immer die schännschd gebliwwe! Bis heit! Do bassd zwar vun de Greeßeordnung her vorne un hinne es meischde nit so rischdisch zamme, un mansches sieht aach aus wie die Fauschd uffs Aag: die meischde Meewlscher sinn aus Blasdik un die wännigschde aus Holz, 's Telefon is uugfähr zweemol so groß un dreimol so breed wie die Bebbscher selwärr, die Bobbehaiselmuddi muss als uffm Bauch durch die Schdubbedeere robbe, um vun A nooch Beh zu kumme (weil se so e langi Bachschdelz is, e rischdischi Millers-Dochder), die Wäscheklammre sinn so groß wie e Nachtdischlämbelsche, 's Schbielzeisch-Entsche kannschde mit de Lup kaum sehe, die Teekann bassd in kään Schrank noi, die Kaffeeleffelscher sinn so groß wie en Bese un de Mobb kärschturmhoch, die Beebybebbscher, also die Bobbebobbelscher, kännten mimm Krischdbäämsche unnerm Arm schdifde gehe, un 's Feddblesch mimm Hähnsche druff fillt die halb Bobbehaiselschers-Garahsch aus – awwer: uff so nischdische Klännischkeite hab isch schunn als klääner Pimf gepiffe! Märr kännt zwar heit alles uff de nieeschde Schdand bringe, maßschdabsgereschd un tip top – awwer: do blos isch därr druff! Grad des *nit* ganz Grade is doch des schääne! Schebb is klor un die Krumme sinn all nit grad! E Bobbekisch im Maßschdab Pi mol Daume: *des is Kinnergligg pur!* Mit Ausflibb-Garantie!

Oah, isch hab *immer* Fiewerbäggelscher ghabt, wann isch mit moiner Bobbekisch gschbielt hab. Immer! Nit ääh äänzisches Mol *nit!* Un 's meischde aus moim Schatzkischdel is noch do! Isch hab sogar heit noch zwee klääne, antike Kaffeedellerscher aus Borzellan, mit Goldrand, un e Tässje dezu, die mit närr zarte Ros bemalt is! Des is aach heit noch moin ganze Schdolz! Annre hädden des schunn längschd fortgschmisse un dursch irgend en annre Schambes ersetzt. Do kammärr doch nit klor soi!

In de Woihnachdszeit hoschd als määne känne, unser Wohnschdubb hädd sisch aus emme wunnerschääne Märschebischelsche gschlische, *so e* gemiedlischi Atmosfär hänn die Lischdelscher, wo in moiner Bobbekisch gebrännt hänn, rings um ääns gezaubert! Do hot die ganz Wohnschdubb ausgsehe, ja, wies an Woihnachde halt aussieht! Isch hadd manschmo geträämt, isch wär selwärr moi Lieblingsbebbsche Katja Katrin Darrow. Ehrlisch, so heeßt die heit noch! Un dass isch in dämm Bobbehaisje in Norwege wohne däät. Wann moi Mama dann noch ihr beriehmte Bobbekischebrote, Breedscher, Kuche un Brezzle aus Woihnachdsgutseldeeg gebagge hot, wär isch am liebschde als selwärr e Bebbsche gewese! Die hänn iwwrischens oft Bsuch krieht vun ihre Bobbefroindinne! Un hänn sisch nadierlisch bei ihrm Kaffeeklatsch un Kakaotratsch in däre urgemiedlische Kischeschdubb sauwohl gfiehlt! Do finnen als bis uff de heitische Daach immer noch regelreschde Kischeschdubbeschlachde schdadd. Do werd awwer nit nur gfuddert: do werd uff Deiwel kumm naus gschnaddert un getratschd. Die dauschen sisch als die neieschde Neiischkeite iwwers Bobbelewe aus, do kannschde nur Baukletz schdaune! Vun „Habtärr schunn gheert, dass de Katja ihr Froindin jetzert Giddar schbielt?", un „Wissenärr schunn, dass die Bäggersfraa *schunn widder* e Bobbelsche krieht?", iwwer „Hawwenärr schunn gsehe, dass unser Nochbärrn e nei Handdeschel hot? Schad, dass die heit nit kumme kann! Awwer bei der Gelegenheit muss isch ebbes loswärre: …", bis hie zu „Soll isch eisch verrode, wo märr des Johr in Urlaub fahren? *Nooch Idaalje!!* Is awwer noch e groß Gehoimnis! Pah, die dro driwwe wärrn glotze, wann se des heern!", kummt de Bebbscher im Bobbelewe alles des zu Ohre, was es im große Lewe im Großformat aach gibt. Alle babbeln un kreischen durschnanner:

„Isch brauch uubedingt e neies Fläschelsche Nachellagg. En rode. Hmmm, die Erdbeertärtscher schmeggen heit ganz klasse!"

„Jo, moi Hoorschbräy is aach leer worre. Kännschde märr grad mol die Sahne gewwe?"

„Gut, dass de misch dro erinnerschd, weil isch brauch neie Badeschaum un e Fläschje Schammboon. Machschd du eigentlisch Honisch in doi Sahne noi odder Puderzugger? Die is so schää leischd!"

„Ou klor, ihr gebt märr grad es Schdischwort: Isch muss es näggschde Mol beim Oikaafe an neie Filderdudde denke. Kreisch Faier: jetzert is märr doch gladd de owwerschde Knobb abgange!"

„Ah ja, nadierlisch, jetzert kummisch widder druff: Moi geblimmelt Kleedsche is jo noch in de Roinischung! Un isch muss moi rode

Laggschuh beim Schusder abhole. Hoschde noch e bissel Kaffee färr misch iwwrisch? Schwarz, wanns geht!"

„Ou, her, gut, dassde des grad saachschd, bevor isch´s noch vergess: De Bobbehaiselschornschdefeescher war jo aach noch nit do! Dänn wärr isch glei mol aarufe un zur Schnegg mache."

Un: „Moin Zahnarzttermin am zwedde Januar verschieb isch ganz ääfach. Isch wärren glei emol am dridde Januar aarufe un pinktlisch absaache. De Tärrtscher-Weddbewerb im Mai geht schließlisch vor!"

Do wärrd ääni vun de Bobbefroindinne hellheerisch: „Hoschd du eigentlisch dänn schääne Terminkalenner mit dämm integrierte Daschereschner noch kriecht, dänn wo´s im Sonderaagebot gewwe hot?"

Des Bebbsche niggt schdolz, es wär dodebei beinoh mit de Fress uff de Kaffeedisch gedotzt: „Ja, hawwisch! Seitdämm geht märr känn äänzische wischdische Termin mehr dursch die Labbe! Isch bin do letschdens vum Leedersche gfalle, hab märr e paar Frakdure zugezooche un war prompt ään Daach schbäter schunn uufallversischert! Des nenn isch Taiming!"

Die annre Bebbscher hänn bloß de Kobb gschiddelt: „Oah, do häddschde därr jo alle Greede bresche känne!"

Un: „Unsern Rasemäher is kabudd."

„Ou, mir brauchen erschd gar känner. Wann eiern reberiert is, leije märr uns *dänn* ääfach widder aus!"

„Gut, dass märr emol iwwer alles gebabbelt hänn!"

Die klääne Bebbscher lachen un guggen verschweererisch in die gluggsisch Rund. Do finnen als wascheschde Kaffeeklatsche schdadd, wo sisch gewesche hänn. Eschd! Jetzert kummen alle so rischdisch in Fahrt. Regelreschde Weisheite kummen do ans Lischd:

„Isch wollt färr de letschde Kinnergeborrtsdaach Fischschdäbscher un Kardoffelbrei mache. Ei her, die Fischschdäbscher warn ausverkaaft! Häddschd määne känne, dass Bobb un die Welt Geborrtsdaach hot! Hab isch halt Riwwelkuche gebagge. Do häddenärr awwer emol sehe solle, wie sisch die klääne Bebbscher uff moi Riwwle gschdärzt hänn!"

„Oh ja, isch kenn so ebbes! Vor zwee Woche wollt isch rodi un weißi Angorawoll färr Wintermitze zu schdrigge kaafe. Weil se awwer nur noch so e eeklisch grieni Baumwoll ghabt hänn, hab isch uns e schäänes Breddschbiel kaaft: *Bebbsche ääjer disch nit!*"

„Do kann isch gut mitredde! Wie moi Nähmaschin demit aagfange hot, mit em Näje uffzuheere, hab isch vor emme ähnliche Problem gschdanne. Isch hab märr dann e paar Bischelscher färr zum Lese kaaft, Hammer, Näggel un e Schraubzwing färr moin Olle, Häkelnoodle un Moheerwoll färr moi Mädels un e kinnergereschdes Bischeleise."

Un: „Isch war do letschdens bei moiner Farb- un Schdilberoderin. Die hot aach gemäänt, isch kännt logger rode un schwarze Schdring-Tangas aaziehe, un Pusch-abbs mit Schbitzelscher! Des däät moi Bollerscher ins reschde Lischd rigge! Do däät moin Olle näärschd wärre!"

Alle Kulleraagelscher begutachten jetzert gegeseitisch die rund um de Kischedisch hoggende Dekolletés. „Isch aach!" „Isch aach!" „Isch aach!" Do kannschde Wedde druff abschließe, dass die all am näggschde Moije de Unnerbuxe-Lade schdirmen!

Un: „Isch werr aach immer fedder! Isch brauch jetzert schunn Bebbschergreeß S färr Bliesjer un Greeß 34 färr Reggscher! Isch blatz ball aus alle Näht!"

Die klääne Bebbscher schiddeln die Kebbscher zu emme veroninte *NÄÄÄ, des is nit wohr!!*

„Awwer isch hab do so e leggres Rezept färr e noch leggreres Sahnetärrtsche! Is awwer gehoim! Muss isch uubedingt ausprobiere. Ab Mondaach mach isch Diät."

Alle Bebbscher niggen e zuschdimmendes *JOOO, ab Mondaach langt!!*, un klatschen sisch die näggschde Kalorijebombe uff die Dellerscher. Do hoggen awwer nit bloß Sießschnute am Disch! Iwwerzoig disch selwärr:

„... Märr kann Nudle awwer aach mit Kees iwwerbagge! Des macht die Schwesder vun de Mama vun de Katja ihrer Schulfroindin Antje, also die Tande vun de Antje, immer so, wann Nudle iwwrisch bleiwen!"

Un: „Es is wie mimm Gelinge vun Woihnachdsgutsel. ´s klabbt bloß mit *guter Budder*. Mit *ohne* guder Budder brauchenärr eisch iwwer nix zu wunnre. Mit resdlische Nudle isses iwwrischens genauso: Wannärr se mit *ohne* Kees iwwerbaggen, verdriggelt eisch der ganze Schambes. Un dann schmeggen die Nudle wies Woihnachtsgutsel mit wännischer guder Budder. Verschdehner?"

Un: „Uff alle Fäll missenärr die Rindswärschdelscher oischneide, damit se beim Grille schää knusbrisch wärren. Es handelt sisch jo schließlisch nit um Griesbrei."

Un: „Die Kardoffle färr de Kardoffelsalat missdärr in Wärffelscher schneide, sunschd gibt's Matsch. Un so e Pampe frissd dann widder kää Sau, un ihr bleiwen druff hogge. Dann kännenärr e Woch lang jammre: *Liebling, ´s gibt Kardoffelsalat. Acht Daach lang!* Denken an moi Worte!"

15

Un: „Aprobbo Griesbrei: färr Reisbrei dürfenärr awwer känn normale Reis nämme. Do missdärr schunn Milschreis nämme!"

Un: „Ääner vun moine gute Vorsätz färrs Neie Johr is der, …!"

Es folgt e wahri Flut vun gute, bessre, allerbeschde un allerallerallerbeschde Vorsätz. Widder sinn die klääne Bobbeohre hellheerisch worre: „Do nimmschde därr awwer ganz schää was vor! Vun was färr ääm Johr babbelschden eigentlisch?"

„Ou, des weeß isch selwärr noch nit!"

Die Bebbscher lachen erleischdert.

Un: „Jetzert butzt die do driwwe schunn widder die Fenschder! Hot dann die nix bessres zu due? Will die de Rege ruffbeschwäre?"

Un: „Was?! Nausgflooche?! Hab isch därrs nit glei gsaaht? Hädd se norre mol uff misch gheert. Färr so ebbes hab isch de rischdische Riescher!"

Un: „Mama, do, die Sach mimm Klabberschdorsch. Also *isch* glaab jo, dass"

„Kind, wannde nit brav bischd, marschierschde ab ins Neschd!"

„Awwer isch wollt doch bloß"

„Es langt jetzert, mir hänn genuuch gheert. Ab in die Fall!"

„Ja, awwer"

„Un wannde maulschd, dann … Na wart, de Babba kummt jo glei hääm! Dann kannschde disch uff e Dunnerwedder gfassd mache. Do bassd därr dann kään Schdiwwel mehr!"

Wann de Bebbscherbabba dann häämkummt, liesd er dämm Grewwerd noch e Gut-Nacht-Gschischd am Beddsche vor, un die Bebbschermama schdellt en Bescher Heeßi Schokklaat uffs Nachtdischel. Des Sahnehaibsche is dobbelt so groß wie sunschd als.

Un: „Des is därr vielleischd e Bobbemuddisöhnsche!"

Un: „Unser Katrin isses klassebeschde Bebbsche!"

Un: „Die Katja hot zwar e Vier in Mathe, dodefor awwer *vier* Äänser in Deitsch!"

Un: „Der Aagewwer vum Fußballplatz is hoggegebliwwe!"

„Geil, Mama! Der därf jetzert e Ehrerund drehe! Des gschieht dämm Hei-Debb ganz reschd!"

„Katja!"

„Ooooch, is doch wohr. Der schbinnt doch! Der hot voll änner renne! Also, wann *ääner* ebbes an de Erbs hot: dann doch wohl *der!*"

„Jetzert langts awwer! Bach mache, Händ wesche, Zäh butze, Genacht."

Un: „Die versaufen noch im Geld!"

Un: „Die hänn Geld zum Fresse! Awwer dodefor hadden *mir* als *Erschder* en Farbfärrnseher!"

Un: „Ihr glaabt jo nit, was isch neilisch gheert hab! Also isch hab do jo so e Bekanndi. Un die Mudder vun de Mudder vun moiner Bekannde, also däre ihr Oma, hot en Nochbärr. Un *dämm* soin Bu hot nur *dändewege* e Froindin, weil se em Ex vun ihrer Awweitskolleschin, dänn se re uffm Friehlingsfeschd ausgschbannt hot, schunn nooch wännische Woche schbäter widder in de Arsch getrete hot, wie se de Bu vun dämm Nochbärr vun de Oma vun moiner Bekannde kennegelernt hot. Verschdehner?"

„Also ja, also nääää, was de nit saachschd! Do gerot jo die Bobbewelt aus de Fuuche!"

Un: „Also, wanner *misch* froochen, …"

Un: „Isch *habs* jo gewissd!"

Jetzert wärrd in däre klääne Bobbekisch nur noch gepischbert:

„Isch verrot eisch mol ebbes, awwer *ganz* unner uns …"

Un: „Des därf awwer *känner* wisse. Also, horschen gut zu …"

Un: „Also, um die *Wohrred* zu saache, …"

Un: „Also, wann isch *ehrlisch* soi soll, …"

Un: „Isch weeß ebbes, awwer halten *bloooß* eier Maul!"

Iwwer des freehlische Treiwe vergessen die Bebbscher als Raum un Zeit. De gut gfillte Kielschrank mimm leggerschde Kees un de beschde Worschd geht als uff un zu. ´s gibt Salade, Gemies, Obschd, un alle meeglische Sießkram, wo´s uffm Bobbehaiselfachmarkt zu kaafe gibt. Des lossd nit bloß Bobbeherzjer hejer schlaache! Isch hadd dänne Bebbscher beim Fuddre immer geholfe! Do is nix iwwrischgebliwwe!

Un, wie gsaaht, die Kischeschdubbeschlachde finnen aach heit noch schdadd. Es hot sisch in all dänne Johre nix verännert. Manschmo, wann isch an moiner Bobbekisch vorbeilaaf, heer isch die Bebbscher lache un schnaddre, tratsche un tuschle, klatsche un schmatze. Un dann laden se misch jedesmo ganz herzlisch zu sisch oi. Do kann isch als ääfach nit widderschdehe! Allää schunn vor lauder Neigier un wege dänne ihre Leggerlidäde! Isch hogg dann vor moiner Bobbekisch un schawänzel eifrisch mit. Ei her, isch bin jo grad nit gscheider! Awwer isch schiddel oft moin Kobb iwwer des, was se sisch iwwers Bobbelewe so alles zu verzähle hänn. Do hoggen jo rischdische Tratsch-Weiwer um de Disch rum! Isch kumm als mimm Sortiere vun dänne ihre Gschischde nit nooch. Un wann isch märr vorschdell, dass *des* die Schbiggelbilder aus em große Lewe *außerhalb* vun de Bobbeschdubbe sinn, laaf isch ganz rot aah im Gsischd!

Moi Mama war frieher, wie gsaaht, die zuschdändisch Bäggersfraa färrs Woihnachdsgutsel, färr Breedscher, Kuche un Brezzle, awwer sie war aach die Bobbe- un Bebbschedoktern, wo sich um alles gekimmert hot, was zu emme rischdische Bobbehaushalt gheert. Die hot jo dauernd Kleedscher, Aaziegelscher, Käbbscher, Seggelscher un Unnerhesselscher färr große Bobbe gschdriggt. Un ganz klääne Kleedscher färr die klääne Bobbekischebebbscher un Deggscher färr dänne ihr Bobbebeddscher ghäkelt. Des war als wärrklisch klor! Des hot se gern gemacht, weil die Sache, wo märr hot kaafe känne, waren jo domols schunn schwoinedeier. Un noch nit emol halwer so schää.

3

Wie isch zehne worre bin, hadden moi Bobbekischebebbscher dann endlisch Nochbre krieht, die wo e zweddes Bobbehaiselsche bewohnt hänn! Des hot moiner klääne Schwesder geheert. Des sinn zwee allerliebschde Schdibbscher! Die äänt beschdeht aus emme goldische Kinnerschdibbsche mit emme Etahschebeddsche, närr Leeder, emme Kleederschränkelsche, zwee klääne Kinnerschdihlscher un emme Laafschdällsche färr Beebybebbscher. Do warn se de Bobbemudder aus de Fiß! Un es hot noch e Schoggelgailsche gewwe, e Schieferdafel un e Giddar färr zum Musik mache. Mensch, was hänn mir un die Bebbscher do frieher schunn färr geile Schbielmeeglischkeite ghabt!

Die anner Schdubb is e klääni blaui Kisch im ländlische Schdil. Die gemiedlisch Eggbank duut die Sitzgrubb perfekt ergänze un viele Bebbscher kummen aach heit noch zu Bsuch in des gepflegte Kischeschdibbsche! Do gibt's sogar en beloischdete Kachelofe, um dänn sich oft alles dummelt. Wammärr genau hieheert, kammärrs Knischdre un 's Prassle vum Zedernholz heere! Un weil die Kisch kään Herd hot, hänn die Bebbscher uff dämm Ofe schunn immer gebagge un gekocht, gebrutzelt un gegrillt. Mir hänn als sogar uffm Kachelofebänkel des ääne un annre nasse Schdrimpsche un Seggelsche gedriggelt! Der Kachelofe is wärrklisch e geile Inveschdizion färr des Bobbehaiselsche!

Frieher hot moi Bobbekisch als in de Wohnschdubb gschdanne. Mimm Oizuuch vum Nochbärrshaiselsche isse mit dämm zamme in die Kinnerschdubb umgezooche. Un schunn ääh odder zwee Woihnachde schbäter hot de Babba die zwee Schdibbscher vun moiner Schwesder um e zweddes Gschoß erweitert. Do hadden e gemiedlischi Wohnschdubb, e kläänes Bad un e Dachterrass Platz, so dass aach färr moi klää Schwesderle jetzert e rischdisches Bobbehaiselsche mit emme Schilfrohrdach entschdanne war. Un wie de Babba dann e bissel schbäter noch e Bauernschlofschdubb im Erdgschoß aagebaut hot un dodemit des Bobbehaiselsche perfekt worre is, war unser Gligg vollkomme. Mir hänn uns gfreeht un gschdrahlt wie Butzäämer! Mir hänn als mimm Krischdbaam um die Wedd gschdrahlt. Johrelang hämmärr uuzählische Schdunne middenanner gschbielt. Mir hänn all die klääne Schdubbe gebutzt, ausgeraamt un widder oigeraamt un immer widder umgeraamt, die Meewlscher abgschdaabt un poliert, Beddem gfegt, Debbische gschrubbt, Fenschderscheiwe abgebutzt, die zwee Dach-Glasscheiwe vun moiner Bobbekisch gewienert, des winzische Bobbegschärr gschbielt, die Kisch uffgeraamt, die Beddscher ausgschniggelt un die Bedddegge zum Lifte uff de zwee Dachterrasse uffgehängt. Märr hänn als Leggerlis färr de Schnubbsi, unsern Goldhamschder, verschdeggelt, die er all gfunne, gehamschdert un gfresse hot. Der hot sisch als so goldisch soi Gsischdel gebutzt, dass märrn vor lauder Goldisch beinoh selwärr gfresse hädden! Märr hänn bloß uffbasse misse, dass er nit ausm Haisel nausfallt un mit de Fress uffm Bode uffdotzt. Un dass er nit aafangt, soi Knoddle zu verdeele odder ins Bobbeklo zu pisse!

Märr hänn uns iwwer alles immer so gfreet un viel gelacht – un wann die Bobbekische Ende Januar als widder uff de Schbeischer kumme sinn, hämmärr Rotz un Wasser geblärrt.

Woihnachde, des hot färr uns geheeße: *Bobbekisch!!*

Un Bobbekisch: *Woihnachde!!*

Alle Johr widder, moijens am Heilisch Owend, manschmo sogar ään odder zwee Daach vorher, hämmärr die Bobbekische, wo iwwers resdlische Johr uffm Schbeischer zugschdaabd warn, als abschdaawe, butze un oiraame därrfe. Un schnell probiere, ob die Lischdelscher all noch gehen. Dann war Zabbeduhschder bis owends, wanns Krischdkinnel endlisch mit em Gleggsche gschellt hot. Die Bobbekische sinn zum i-Dibbelsche vun jedem Woihnachde worre! Ob am Heilisch Owend selwärr in de gemiedlische, warme Schdubb, odder aach bis Ende Januar schunn in aller Frieh an jedem Moije denooch. Märr hänn gschbielt vunnem Moijegraue bis in die Nacht noi. Die halwe Froschdboile, wo märr uns aagfrore hänn, hänn uns nur wännisch ausgemacht. De kalte Ehlofe hot uns emol kreizweise gekännt! Vun *dämm* hämmärr uns *nit* diktiere losse, wann gschbielt wärrd! Die Bobbekische hänn färr alles entschädischd. Mir sinn als am erschde Woihnachdsdaach, es war als noch halwer in de Nacht, uff Zeheschbitze dursch die Wohnung gedabbt, im Gang vorbei am große Karrtong mit de zerfetzde Gschenkbabbiere vum Heilisch Owend, ab in Rischdung Wohnschdubb. Schunn allää de Bligg uff dänn Karrtong hot uns Gänsekligger bscheert! Grad emol e paar Schdinnscher vorher hämmärr nämmlisch mit großem Herzklobbe unser Gschenke uffgemacht un färr e wahres Tohuwabohu an Verpaggunge, Käschdscher, Kischde, Karrtongs, Dudde, Folie, bunte Gschenkbabbiere un ausgewiggelte

Gschenke gsorgt. Mir hänn uns iwwerhaift mit Schambes! Des is sellesmo als so doll gewese, dass märr heitzudaachs manschmo noch nit wissen, wo die Grenze beim Beschenke sinn! Dass zum Beischbiel Blimelscher färr e Oiladung zum Kaffeetrinke langen, odder was selwärr Gemachtes. An so ebbes war lang nit zu denke! Odder dass märr e Buch, wo märr schunn gelese hot, ääfach weiterschenkt! Was persönlisches, sozusaache! Es hot doch jeder alles, un was er noch nit hot, des kaaft er sisch! Awwer näää, Peifedeggel!

Uff jeden Fall waren märr als froh, wanns genuuch gewwe hot. Bolizeiaudos, Krankewegge, Faierwehraudos, Kreiselscher zum Uffziehe un Krachmache un Hinnenooh-Renne un Oisammle, Schbreschbobbe, Schlummerle- un Kullertränscherbobbe, Radio-Kassedde-Rekorder, Schdereo-Aalaache färr die greeßre Brieder un noch vieles anneres mehr. Bei uns wars so laut wie uff de Tande Toni un em Unkel Willy ihrm Baggfischfeschd! Dann hänn als noch die Glogge gelait, die Oma hot geraacht un gehuuschde, es Hexelsche hot gebellt, die Woihnachdsschallbladd hot aach kää End gfunne un de Babba hot gebrillt, dass märr e bissje leiser soi kännten.

Leggs am Arsch, was war des gemiedlisch!

De Nochbärrn war de Krischdbaam umgfalle, un schunn war e neies Woihnachdslied uffm Markt:

Oh, Tannebaam,
oh, Tannebaam,
was fallt därrn oi, disch umzuhaa'n?!

So klääne Zwischefäll waren awwer als es Salz in de Subb! Un die Oma hot sisch immer so gfreeht, weil *mir* uns so gfreeht hänn. 's hot re als regelreschde Froidetränscher in die Aage getriwwe! De Thommy, moin klännre Bruder, hot se dann gfroocht: „Ei, Oma, warum groinschde dann?"

Un do hot se als gsaaht: „Ei, Bu, weil isch misch so freeh, dass *ihr* eisch so freehn!"

Ihr Kinner, nä, was war *des* so schää!

Märr hänn awwer lang gebraucht, bis märr gschnallt hänn, dass Woihnachde jo noch ebbes ganz annres bedeit. Nit nur Gschenke un der ganze Zinnower! Mir hänn unser Kinnerwoihnachde ausgelebt, so lang wies gange is. Märr waren schunn immer viel Gschwisder un so hots halt aach immer viel Gschenke gewwe. In de erschde Zeit vum Selbschdännisch-wärre hänn sisch dann zum Gligg Ruh un Ausschbanne-wolle vum Alldaachsschdress erschde zarte Wege gebahnt un e neiji Ära oigelait. Mit emme Gschenk färr de Liebschde odder die Liebschd, un re klääne Iwwerraschung. Mir hänn gemerkt, dass es Lewe außerhalb vun dämm bei uns dehääm „im Ausnahmezuschdand" oiforisch begangene Heilisch Owend un dänne zwee Woihnachdsdaache noch *ganz annre* Bischer schreibt: nämmlisch Erfahrunge, wo uns präge däten! Un *die* hänn dann widderum *dodezu* beigetraache, dass märr uns ball getraut hänn, nooch unserm Herz un Verschdand, un wännischer nooch de Erwartunge vun annre zu hannle!

Awwer bis zu dämm Zeitpunkt hämmärr halt in Saus un Braus gfeiert. Märr hänn en regelreschde Bscheerungs-Fahrplan gebraucht! Do waren nämmlisch newer de Eltern un de Oma unnem Oba inzwische sechs Grewwerde, die wo alles uff äämol gewwe un die wo nadierlisch aach alles uff äämol hawwe wollten!

Ihr Kinnerscher, kummt,
oh, kummt doch all',
zu uns hääm zur Woihnachd,
dort kriehner en Knall!

Moi Eltern hänn immer zuerschd es Klännschde beschenkt, dann es Zweddklännschde, bis hie zum große Bruder un de Oma unnem Oba. Dann hänn se sisch gegeseidisch ihr Gschenkelscher um die Ohre gewesche. De Babba hot de Mama als e ausgehehldi Walnuss gschenkt, do hot er als en Geldschoi drin verschdeggelt. Die Nuss hot er in de Krischdbaam gehängt, un die Mama hot als denooch gschielt wie mir Kinner nooch de Berge vun Gschenke. Dann hänn sisch die Fraue un Mädscher Tosca-Parfüme gschenkt, jedes Johr es gleiche Ritual. Jedi hots gleiche kriet. Un jedi hots gleiche gschenkt. Des war als e Gehies un e Gehers, kännschd Faier kreische! *Mit Tosca kummt die Zärtlischkeit!*

E gudi Fernseh-Werwung allää is nit immer alles. Manschmo muss märr re folge un des Geworwene aach kaafe. Mir hänn gekaaft! Un wie! Isch riesch dänn Duft heit noch gern!

Dann hänn mir Kinner mit Bscheere aagfange, vun Klää nooch Groß. Des war der Schlacht Zwedder Dehl. Märr hänn uns gegeseidisch beschenkt, wies gegeseidischer schunn gar nimmi gange wär. Es hot *ix* Hauptgschenke färr jeden gewwe, Zugäbscher un Mutschegäbscher.

Mutschegäbscher sinn quasi e Iwwerbleibsel aus moiner Ahnegalerie. Des heeßt so viel wie e Iwwerraschung, e Zugab, e kläänes Zugäbsche – e Mutschegäbsche halt. Was des alles gekoschd hot!

Un jeder hot jedem zugeguggt.

Johre schbäter hänn moi Eltern dann de Nutze ghadde, dass die ältre Gschwisder middlerweil selwärr Geld verdient hänn, was se dehääm zum greeschde Dehl hänn abgewwe misse. So hänn se en erhebliche Dehl vun däre ganze Schoose mitfinanziert. Es meischd hot als die Oma gschdrahlt, aach wann se immer efter ohne Gschenke kumme is. Ääfach bloß dezuzugheere, des muss es Greeschde färr se gewese soi. „Ihr krieht eier Päggsche *nooch* Woihnachde, gell, ihr Kinner?" So hot se immer efter gsaaht. Ach, die war jo so kreischarm! Sie hot als de Thommy gfroocht: „Bu, was soll ischen därr schenke: e Orgel, odder liewer e Giddar?"

Awwer der klääne Bu war jo nit bleed. Der hot gewissd, dass do nix kumme kann! Er hadd dann gsülzelt: „Oma, liewer e Giddar!"

Der hot grad so gemacht, als däät er de Oma die Millione zutraue. Do hot sisch die Oma awwer gfreeht! „Des is gut, Bu. Wann isch mol gschdorwe bin, dann kannschde märr nämmlisch Lieder vum Elwis am Grab schbiele!"

Des Schdrahle in ihre Aage sieht er glaawisch heit noch, wann er märr als dodevun verzählt – soi Aage schdrahlen grad selwärr, un er wischd sisch als ganz verschdohle e paar Tränscher aus de Aagewinkel!

Nadierlisch hot die Oma nooch Woihnachde immer seldener irgendwelle Päggscher gebrocht, gschweige denn die Giddar färr de Thommy! Aafangs waren märr traurisch dodriwwer. Weil märr hänn jo noch känn Begriff vun ihre Armut ghabt. Märr hänn erschd viel schbäter gschnallt, was fünf Mark färr se bedeit hänn! Die Oma war e armi, awwer e liewi Fraa. Un des bissel, wo se ghabt hot, des hot se mit ihrm Hundsche Hexel gedehlt!

Die Oma hot märr emol fünf Mark gschenkt. Zu moim noinzeehde Geborrtsdaach. Isch hadd fünfenoinzisch Pänning druffgelegt, un dann hab isch märr e leeri Musik-Kassedd kaafe känne. Im selwe Monat noch is die Oma im Krankehaus gschdorwe. Sie is ääner vun dänne Mensche, dänne isch im Himmel emol Danke saache will färr ihr gudes Herz, wo se färr misch ghabt hot. Mir hadden nit immer e leischdi Zeit middenanner, awwer heit wär isch in so mansch äänrer Situation nimmi glei so hitzeblitzisch, wie isch des manschmo als Jugendlischi war. Heit seh isch vieles mit ganz annre Aage. *Sie fehlt märr.* Isch hab se nämmlisch liewe gelernt!

Isch hadd die Kassedd mit äänre vun moiner Lieblingsmusik beschbielt. Die Kassedd hab isch iwwrischens heit noch! Inzwische hab isch sogar die Original-CDs vun dänne Lieder aus Amerika! Do war moin greeßre Bruder, de Kalle, mords aktiv defor gewese! So kann isch des achtezwansisch Johr alde Kasseddeband e bissel schone, weil, die geb isch jo moi Lebdaach nit her! De Liewe Gott hot märr moi Seelsche gschdreischelt. Un wann isch die Musik heer, kummt manschmo die Oma in moin Sinn, un isch kann ganz lieb an se denke!

Es war als klor, wie se sisch iwwer de Heilisch-Owend-Truwel bei uns dehääm gfreeht hot! Hoschd wärrklisch määne känne, du bischd uffm Rummelplatz beim Unkel Willy un de Tande Toni!

Schdilli Nacht!
Heitri Nacht!
Känner schlooft,
die Schlacht is vollbrocht!

Jetzert wars an de Zeit, dass jeder Grewwert soi eigenes Blätzel unnerm Krischdbaam krieht hot. Moi Plätzje war des reschds newerm Tannebaam, direkt vorm Wohnschdubbeschrank. ′s war grad noch durchs Schlisseloch vun de Wohnschdubbedeer oisehbar. Märr hänn immer gschbitzelt, wanns Krischdkinnel in Form vum Babba un vun unserm ganz große Bruder, em Fredie, als es Bäämsche gschmiggt hot! Märr hänn sogar durch des klääne Schlisseloch noch es Lamedda glitzre sehe! Un im owere Dehl vum Glasfenschdersche vun däre Wohnschdubbedeer hämmärr die Krischdbaamschbitz bewunnre känne! Un schunn hännse des Fenschdersche zughängt! Was färr herzlose Bandite! Awwer märr hänn de kläänre Gschwisder nit verrote, dass es kää Krischdkinnel gibt. Mir sinn uns dodebei rischdisch erwachse vorkumme un hänn en mords Bschitzerinschdinkt entwiggelt!

Alle Johr widder
kummt des Krischdkinnelkind
in de Gschdald vum Babba nieder,
der wo die Gschenke bringt!

Durschs Schlisselloch hämmärr also alles gsehe, was märr krigge sollten! E Bobbewieg mit emme rode Himmel, schää bassend zu moim rode Belzniggel-Moijemändelsche! Un die Bobb in dämm Wiegebeddsche war aach zu goldisch! Un schunn hadden sisch moi Gedanke iwwerschlaache: Was isch do wohl färr Zugäbscher krigg? Vielleischd e Päggsche mit neie, vun moiner Mama widder selwärr gschdriggte Bobbekleedscher? Odder e Päggsche mit Bobbe-Assesswaas, wie zum Beischbiel en kläne Handschbiggel, Hoorbärschd un Kamm, Hoorschmugg, bunte, glitzernde Perlekedde, weiße Seggelscher, schigge rote un weiße Laggschuhscher, e Handdeschel un e Geldbeidelsche, e kläänes Notizbleggsche un en rode Filzschdift? E Lakritzdeesje, Kaugummi-Zigaredde, Lutscher, Gummibärscher, Schokko-Minzplätzjer mit bunte Zuggerperlscher owwedruff, e Dudd voll Himbeergutselscher, e frisches, sauweres, nooch Lavendel rieschendes Schbitzedaschedischel un Bobbeparfüm? Damit moi Bobbe nooch ebbes aussehen, un dass se gut riesche, wammärr zamme uff die Walz gehn? Un aus was wärrd erschd des *Mutschegäbsche* soi, bei dänne ganze Hauptgschenke un Zugäbscher?

Awwer alles Noochforsche hot iwwerhaupt kään Docht ghadde. Moi Eltern hänn ganz schnell des Schlisselloch zugschdobbt. Die sinn uns doch wärrklisch uff die Schlische kumme. So was nenn isch Mangel an Tolleranz. Die sinn als noch nit emol weesch worre, wammärr ganz harmlos nooch *Hieweise* uff die Gschenke noochghookt hänn! Die hänn sogar die Wohnschdubbedeer mit me digge Schdrigg zwische de Deerklink un emme feschde, eigens in die Wand geklobbte Wandhooke verschberrt. Do häddschde en Amboss draahänge känne! Des zugschdobbte Schlisselloch hot en nit gelangt. Ei, scheiß doch de Hund noi! Do war jetzert Ende im Gelände. Zabbeduhschder. Do häddschde die Fessle krigge känne! Soll awwer ääner mol behaupte, Eltern däten nix dezulerne. Vun wege!

Im Griff hadden se misch trotzdämm nit! Isch hab misch vun zugehängte Deerfenschder, vun zugschdobbte Schlisselescher un vun dreifache Seemannsknote mit Hafebolizei-Abschberrung nit klää krigge losse! Viele Wege fiehrn bekanntlisch nooch Rom! So hadd isch emol geheert, es war aach widder in de Vorwoihnachdszeit, dass woihnachdsverdäschdische Baschdelgeraische aus em Keller kumme sinn. Aller hab isch misch nunnergschlische un aus sischrer Entfernung beowwacht, dass de Babba an moiner Bobbekisch rumgebaschdelt hot. E ganz kläänes Schdibbsche hot er draagenaggelt. Moi Neigier war umso greeßer! Isch hab nadierlisch alles genau wisse wolle. Immer dann, wanner aus emme Meter Entfernung geguggt hot, wie weit er schunn kumme is, hab isch aus uugfähr drei Meter Entfernung gsehe, dass es sisch bei dämm Aabau um e Badeschdibbsche gehannelt hot! E klääni Badschdubb mit emme abgflachde, schääne Schilfrohrdach, bunter Blimelschersdabeed, drei elektrische Lämbelscher, hellblaue Wandkachle hinnerm Aabee un hinnerm Biddee, um die Dusch un ums Weschbegge rum. Un en hellblaue Fußboddebelaach hot des Badeschdibbsche krieht. Alles schää bassend zu moiner hellblaue Badeschdubbe-Garnitur, die wo bislang in dämm Karrtong, in dämm se emol kaaft worre is, uff moim schebbe Glasdach vun de Bobbekisch mehr gewaggelt als gschdanne hot. Moi Bebbscher hadden vorher immer im Gschärrschbielbegge in de Kisch gebade, un hänn ihr Bäschel in e ganz klaanes weiß-rodes Plasdik-Kloosche gepinkelt, des newerm Schminkdischje an äam vun dänne drei Fenschder im Schloofschdibbsche gschdanne hot. Des war gemiedlisch un sauwer, do kammärr wärrklisch nix saache! Zum Haufe mache sinn se manschmo zu de Nochbre gerennt, odder sie hänn sisch hinnerm Bobbehaisje in die Bisch ghoggt.

De Bobbekischebabba wollt färr sisch un färr soi ganze Kinnerscher in dämm Winter, wo *moim* Vadder die Idee mimm Bobbekischebad färr *misch* kumme is, e klaanes Naddur-Scheißhaisje hinner die Bobbekisch baue. Weeschde, so ääns mit so emme ausgsägte Deere-Fenschdersche in Herzform, die wo als oft im Bayrische im Freie rumschdehen. Awwer dann issem jo des rischdische Bad, wo moin Babba ans Bobbehaiselsche drahgebaut hot, zuvorkumme. Aller hobb, do hot er en Arsch voll Ärwet gschbart, de Bobbekische-Scheff!

Isch hädd ´s liebschd glei moi Bebbscher hergeholt un se in die nei Schdubb oiziehe losse! Isch wollt an Ort un Schdell klääne, kuschlisch weesche Froddee-Badedischer zureschdschnibble un se uff däre neie Handduchschdang gege-iwwer vun de neie Dusch uffhänge. Moi Mama hot do grad widder so schääne Discher ghadde. Isch glaab, die wär nit grad himmelhochjauchzend gewese, wann isch re die verkrutzt hädd!

Isch hadd misch ins zukinfdische Bobbebadevergniesche noigeträämt: Es kläänschde Bebbsche däät uffm Bode hogge un mit emme blaue Schbielzeisch-Entsche schbiele, während es middlere Bebbsche am Weschbegge mit de Zahbärschd rummacht un es greeschde unner de Dusch schdeht. Jetzert is moi Fantasie mit märr durschgange! Isch hadd regelreschd sehe känne, wie des ganze Badeschdibbsche unner Wasser schdeht, weil jo alle Bebbscher die nei Dusch mit all ihre Finesse austesde dääten! Ääns vun de Bobbekinner wärrd als soi Miggi-Maus-Hefdelscher uffm Aabee lese, e annres wärrd des Biddee zu närr Badwann färr soi allerkläänschde Bobbebebbscher umfunktioniere. Die klää Bobbemuddi wärrd schdändisch iwwer die weiße Zahbaschdaflegge im blaue Weschbegge jammre. Die krieht emol ganz frieh graue Hoor, weil ihr Kinnerscher nit fähisch sinn, de Klodeggel zuzuklabbe! Sie wärrd kobbschiddelnd die nasse Badedischer vum Bode uffhewe, um se nooch em Wesche uff die Dachterrass zum Driggle uffzuhänge. Zwische de frisch geweschene Badedischer un de Beddwäsch können die Klääne dann widder Verschdeggelschers schbiele. Awwer dass es Klännschde mit naggischem Bobo uffm Bode hoggt, um dort mit soim Entsche un mit de Wäscheklammre zu schbiele, wärrd die Bobbemuddi wännischer verschdändnisvoll hienämme! Widder emol wärren se kää Sandmännsche gugge därrfe un sie wärrd se mit emme Zwiebagg un rer heeße Tass Tee, dänn wo se in weiser Voraussischd schunn emol in ääner große Teekann uffm Kischedisch bereithalte duut, vorzeidisch ins Neschd schigge. Awwer, halt emol, wie lang hadden isch jetzert schunn in däre Kellerdeer gschdanne un gelauert? Isch hadd aagfange zu schnaddre un mir isses wie Schubbe vun de Aage gfalle, weil isch märr jo ebbes hadd oifalle losse misse, um uugschore aus däre Beschbitzlungsnummer widder nauszukumme! Aller war isch leise die Kellertrebb widder nuffgedabbt, hadd ganz leise die owerschd Deer zugemacht, um se dann e paar Segunne schbäter mit Karacho widder uffzureiße – moi Lauschlabbe wie en Radar weit in Rischdung vum Babba soiner Werkschdadd gschbitzt! En Hammer war uff de Bode gfalle, un isch weeß nit, wie viel tausend Näggelscher hinnenooch. Isch hadd mit Goldkehlscheschdimm gflödet: „Babba? Bischd du im Keller?" Dann hot do unne e riesische Plasdikplan geraschelt.

Heia, Papaia, was raschelt im Schdroh?
Isses de Babba,
der verschreggt grad so?!

De Babba hadd meeglischsd uubekimmert gerufe: „Ja, Kind, wart emol korz!"
   Jetzert hadd de Zwedde Dehl vun moim Ufftridd aagfange. Isch war die Kellertrebb nunnergetrampelt un hadd unnerwegs gekrische: „Ei, Babba, was is dann? Kann isch roikumme?"
   Knallrod war er im Gsischd. De Kobb, die Ohre, die Bagge. Er hadd sisch breetbäänisch vor moiner inzwische vollschdännisch abgedeggte

Bobbekisch uffgebaut. Isch hadd so gemacht, als däät isch des riesische Unikum hinner soim Buggel gar nit erkenne un hab ganz schoiheilisch gfroocht, ob des e Iwwerraschung färr Woihnachde wär! Un färr wänn. Un, falls nit färr misch, kännt er märrs ruhisch verrrode, isch däät schweige. Schoiheilischer isses wärrklisch nimmi gange, isch hab märr alle Mieh gewwe. Awwer aach mir waren schließlich Grenze gsetzt!

De Babba hot soi Roll ganz klasse mitgschbielt. „Geh nuff zu de Muddi un saach re, isch kumm glei, sie soll was zum Esse mache. Isch hab nämmlisch Damp in de Blus! Un saach de annre Kinner nit, dass isch im Keller was bau, des gibt nämmlisch e Iwwerraschung. Tschüss."

Un wie isch moi Maul ghalte hab! Wann de Babba nämmlisch ebbes saat, dann soll märr des, wanns irgendwie geht, aach befolge. Isch hab käänre Sau was verrode! Weder, dass im Keller ebbes gebaut wärrd, noch, dass des aach noch färr misch *selwärr* is! Des isse jo jetzert wärrklisch nix aagange! Isch hab nix vun re Badeschdubb un erschd reschd nix vun Badeschdubbe-Abentoier verzählt, wo do uff uns gewarte hänn. Des däten die noch frieh genuuch mitkrigge.

Un dass isch e klääni Dreggbeele war, hab isch aach besser färr misch behalte.

Isch denk aach, isch kumm nit drumrum, weiderzuverzähle. De Heilisch Owend is jo immer näher gerigg. Isch hab gewissd, dass isch ganz schää schauschbielern muss, um moin Wissensvorschbrung nit zu verrode. So arisch, wie die Vorfreehd uff die Badschdubb gewachse war, so arisch war awwer aach moi schleschdes Gewisse in die Heh gschosse! Isch hadds dann noch uff die Schbitz getriwwe: „Du, Babba, gell, irgendwann krieg isch *aach* emol e rischdisches Bad färr moi Bobbekisch. Gell, irgendwann emol?"

Un do hot er bloß gemäänt ghadde: „Ach, Kind, isch hab jetzert schunn so viele Bobbekische gebaut, isch hab kää Luschd mehr."

Jetzert war *isch* nadierlisch an de Reih, so zu due, als wär isch entdeischd gewese. Er hadd dann bloß noch so ebbes wie „Kind, jo, mol gugge. Vielleischd *irgendwann* emol!" gebrabbelt. Dass Eltern awwer aach so schummle können!

Joo, is joo gut!! Isch *weeßes* joo!! *Isch* bin do die Dreggbeele in dämm Biehneschdigg gewese! „Isch beroi jo aach, awwer e anner mol. Wärrklisch!" So hab isch gedenkt. Un dass des alles erschd emol Zeit hot. Un dass isch es jo aach bis dohie hoffentlisch schunn längschd vergesse hädd! Quasi Schnee vun geschdern. Awwer was isch vorerschd *nit* vergesse hadd, war, de Babba dra zu erinnern, dass e Irgendwann-emol-Bad dann awwer aach elektrische Lämbelscher brauche däät! Des war taktisch rischdisch klug vummärr. Isch hab e gewissi Ahnungslosischkeit demonschdriert, do war alles drah! Hadd isch doch schunn längschdens gewissd, das moi neies Badeschdibbsche alle Färz an Lämbelscher *hot!* Am Bscheer-Owend hadd isch dann e reifi Leischdung hiegebläddert. Isch hadd misch selwärr verrode, isch hab nämmlisch iwwerschwänglische Lobeshümmne gsunge! Isch war ganz rod aageloffe, hadd die Händ vors schoiheilische Gsischd gschowe un hadd däre misch iwwerrasche-wollende-Badeschdubb e rischdischi Schou geliwwert! Isch hadd nadierlisch aach e mords Angschd ghabt, dass isch im letschde Aagebligg *doch* noch gschdellt un vor moim große Publikum blamiert wärre könnt. Isch hab märr faschd in die Hosse gschisse! „Oaaahhh, näää, e *Bad!* E *rischdisches* Bad! Mit *rischdische* Lämbelscher! Also *dodemit* hab isch jo jetzert iwwer*haupt* nit gereschent!"

Ja, awwer isch hab doch gar nix zu reschne *brauche!* Isch hab doch *gewissd*, was logger is! Mit wie viel Brand hädden isch dodefor im Fegefaier zu reschne, wanns ääns gäb, hä? Die missden märr ordentlisch oiheize! Isch hab doch gewesche gheert wie en Hammel! „Wann hoschde dann *des* gemacht, Babba?!"

Isch hab ääfach nimmi uffheere känne. Moi Gewisse un moi Gsischdsfarb sinn ins Uferlose gewachse. Isch hadd die Sach aagfange, un isch hab se zu End bringe misse. Awwer wie? Märr brischd doch nit inmidde vun rer Schou die so ääfach widder ab. Des hab isch schunn in de Schul gelernt, do kannschde moi Lehrerin frooche! De Schauschbieler därf die Biehn erschd verlosse, wann de Vorhang gfalle is! Des *weeß* märr doch! Do brauchschde kää Brill! Em Babba soi wissendes Grinse in soiner liewenswerte Fress hadd misch zum Gligg nur schdillschweigend entlarvt un iwwer e langi Zeit bschämt. Hoimlisch nadierlisch, wo denkschden hie! Ganz färr misch allää. Moi Zuschauer dehääm hänn nix gemerkt. Känner hot e Wort gsaaht. In re kinnerreische Familie, wo am Heilisch Owend sämtlische Familieowwerhaipter aawesend sinn, in re Großfamilie also, wo jeder jeden bei de Bscheerung beäugt, wär doch *des* e gfunnenes Fresse gewese! Aller hab isch dämmnooch e biehnereifi Vorschdellung gebode! Erschd viele Johr schbäter, isch war schunn e Jugendlischi, hab isch moine Eltern dann moi Kellersind „gebeischd". De Babba hadd widder bloß so vielsaachend gegrinsd, genau wie beim Bscheere vun dämm Corpus Delicti, un hot abschließend ganz ruhisch gemäänt: „Des hab isch märr gedenkt, Kind."

Punkt. Färrdisch. Aus.

Des hab isch märr gedenkt, Kind. Punkt.

Mit *ohne* Ausrufezeische hinner „Kind", obwohl do *drei Schdigg* hiegeheern!!! Des hab isch märr gedenkt, Kind. Punkt.

Quasi mit drei durschgschdrischene Ausrufezeische. Gugg, so: ⫼

Also, *so* wärs doch rischdischer gewese: DES HAB ISCH MÄRR GEDENKT, KOMMA, KIND, MIT DREI AUSRUFEZEISCHE HINNER KIND: **!!! Un wanns geht, aach noch feddgedruggt!**

Odder nit? Kää Vorhaltunge, kää Bees-soi, kää Noochtraache, kää Dunnerwedder, nix vun alldämm odder ähnlischem. Un des, *obwohl* er doch jetzert gewissd hot, dass isch iwwerhaupt nit aus Versehe gschummelt hadd un ziemlisch bereschnend vorgange bin. Eiskalt. Dann kummt eigentlisch noch erschwerend dezu, dass Reschne nie zu moine Lieblingsfäscher geheert hot. Nie! Außer bei so bobbeschdubbemäßisch außergewähnlische Bereschnunge halt! Na ja, isch hadd moi Schdroof dursch johrelange Gewissensbisse, hauptsäschlisch nadierlisch in de Woihnachds-, un dodemit in de Bobbekische-Zeit, verbießt. Isch glaab, de Babba grinsd aach heit noch, wann er an die Gschischd vun domols denke duut.

Des gschischdsschwangere klääne Badeschdibbsche war domols moi Hauptgschenk gewese, un aach *dodefor* hadd die Mama widder e Zugäbsche *un* e Mutschegäbsche färr ihr nix ahnendes, liewes Kind ghabt. Mit was hadden isch des bloß verdient?

Känner in de Familie weeß, wo des Wort „Mutschegäbsche" eigentlisch herkummt. Bekannt is bloß, dass moi liewi Tande Else selisch des Wort bei Iwwerraschunge immer verwendt hot. Des hammärr uns gemerkt! Des is quasi so ebbes wie „e Zugäbsche zum Zugäbsche".

Mutschegäbsche – Mutsch. Vielleischd e Ableitung vun „Muddi"?

Mutschegäbsche – Vielleischd die Bezeischnung färr „Muddis Sahnehaibscher zu de Gschenke"? Wer weeß.

Uff jeden Fall isses Mutschegäbsche, seit isch denke kann, en so liewe Brauch worre, dass er nimmi wegzudenke is un dass er sisch bis heit sogar in moi Ehe noi erhalte hot. Egal, was märr uns aach schenken – ´s Mutschegäbsche is un bleibt färr moin liewe Klaus un misch des, uff was märr aach heit als noch bsonners gschbannt sinn!

´s Mutschegäbsche duut manschmo sogar es Hauptgschenk un alle Zugäbscher tobbe!

4

In de Siebzischer Johre sinn se all widder uffs Bleschschbielzeisch ghubsd. Moi Eltern aach! Die hänn märr emol so e klääni Kinner-Kochkisch häämgschleeft, mit däre hab isch Wasser koche känne färr de Bobbe ihrn Tee un färr Nudelsibbscher. En ganze achdel Lidder is ins greeschde Dibbsche gange, des hot genau gelangt färr moi Bobbekinner un färr misch! Nooch de Subb hab isch moi Lieblingsbobbe, die Silke, die Barbara, 's Guderle un 's Kullerttränsche in moin blaue Bobbewache ghoggt un bin midden uff die Walz gange. Wie märr widder hääm kumme sinn, hab isch in moiner Kochkisch Milsch heeß gemacht färr de Griesbrei, färrs Milschfläschel un die heeß Schokklaat, un nochmol Wasser gekocht färr de Tee, wo isch moine liewe Bobbekinner newers Beddsche gschdellt hab. So hab isch schunn ganz frieh gelernt, e groß Mädsche zu gewwe. Dann hammärr gschmierte Schellee- un Nutellabrote gfuddert, isch hab moine Bobbe frische Windle um de klääne Gaggarsch gewiggelt, hab se noch e bissel geherzt, gebobbelt un gschoggelt, un hab se in ihr hellblau laggierte Holzbeddscher, wo märr de Babba gebaut hot, zum Schloofe gelegt. Die Kleedscher hab isch ins Bobbekleederschränkelsche uff klääne Biggelscher gehängt. Wie bei de Große! Manschmo hab isch aach moi klääni Schwesder in ääns vun dänne Beddscher gelegt, des war als klor! Un däre ihr Schdrambelaaziegelscher hänn sogar moine Bobbe gebassd. Isch hab gschbielt wie e klääni Prinzessin. Mir hots an nix gfehlt.

Moi Bobbekleederschränkelsche hot drei Schublade ghadde. Wann isch die rausgezooche hab un verkehrtrum uff de Bode gschdellt hab, waren des rischdische klääne Schulbänkelscher! Wie moi klääni Schwesder erschd fünf Johr war, hab isch re in däre Bobbeschul erschdes Schreiwe un Lese beigebrocht! Wie se dann in die Schul kumme is, war se schdolz wie em Nochbärr soin Lumpi, dasse schunn e bissel hot lese un schreiwe känne! Isch bin *aach* en halwe Meter gewachse.

Awwer, egal was märr alles zum Schbiele ghabt hänn: die Bobbekische waren als es Ah un 's Oh! Wie uns de Babba de Swimmingpool färr unser Bebbscher gebaut hot, sinn sogar moi Brieder neigierisch worre. Die Bobbekischebebbscher hänn uff ihrm Rase gelege, hänn gschbielt, Limo gsoffe un Brezzelscher gfuddert, hänn sisch uff

Gaade- un Liegeschdiehlscher die Sunn uff de Ranze schoine losse, hänn sisch unner Sunneschirmscher in de kiehle Schadde gflischd, sinn vum Beggerand ins Wasser ghubsd, hänn en Kebber vum Leedersche gemacht un sinn iwwer närr Rutschbahn ins Schwimmbegge gsausd. Des war als e Gaudi! Des war emol ebbes ganz annres als immer nur des Winterlewe an Woihnachde in de Bobbekisch. De Oifallsreischdum vun moine Brieder färrs Schbiele is so weit gange, dass se unser Bebbscher im Begge gedunkt hänn un dass se Gummi-Dinosaurier un Plasdik-See-Uugeheier un Tiger un Leewe un Cowboys un Indianer zum Oisatz gebrocht hänn! Sogar de Indianer ihr Gail sinn uffgetaucht! Die Bebbscher hadden nadierlisch Angschd krieht! Isch hab die Buwe unner Aadrohung vun Knibbel verscheischd. Aach wann isch se jo gern emol widder vermewelt hädd. Ab un zu brauchen die ihr Fäng, so en rischdische Abzuuch! Isch hab aach manschmo in de Schul die Buwe so e bissel verklobbt! Do hot känn Vadder in die Schul kumme misse, um dämm arme Mädsche zu helfe! Isch hab sogar gebisse un gekratzt. Die hänn misch in Ruh gelossd!

Moi Brieder hänn sisch grad noch reschdzeidisch getrollt. Die hänn dann mit ihre Cowboyschdadt gschbielt. In däre Cowboyschdadt hots aach viel färrs Aag gewwe: Holzhaiselscher färr de Scheriff, e Gfängnis färr Bandite, Hotels un en Saloon, Pferde un e Tränke, alle Wild Wesd-Färz halt. Solang se in däre Cowboyschdadt gschbielt hänn, hadden mir Mädscher uns nadierlisch de Trafo unner de Nachel gerisse. Weil wann unser Bebbscher mit blau gfrorene Libbe un mit Gänsekligger uff de zarte Haut un mit schrumblische Fingerscher un halwer hochgerollte Zehenäggelscher vum Bade häämkumme sinn, hammses warm un schää hell in de Bobbekische gebraucht. Un so gemiedlisch wie nur meeglisch.

Awwer wie die Kinner im große Lewe aach, hänn nadierlisch aach unser Bobbehaiselbebbscher manschmo Sauereie veraahschdalt. Moi Bobbekisch hot e klään es Sunneflachdach iwwer de Dachterrass ghabt. Wammärr die mit Pänadecräm oigschmiert hänn, hadden märr rugg zugg e Schliddschuhbahn! Ach, was sinn die Bebbscher do druff rumgsausd! Un ach, was hot moi Mama gschännt, weil märr Uumenge vun ihrm *Zewa-wisch-disch-bugglisch* gebraucht hänn, um dänn Babbes widder runnerzukrigge! Märr hänn gschrubbt wie die Beklobbte.

Meischder Probbärr kriehts nit sauwer,
dass märr sisch nit schbiggle kann!

Märr hänns awwer immer un immer widder hoimlisch mit däre Cräm getriwwe! Irgendwann emol, isch weeß nit, ob die Zewarolle alle all waren odder ob die Närve blank gelege hänn, hämmärr dann e dinnri Cräm genumme. Des is *aach* gange, awwer jetzert hämmärr uff die Bebbscher mehr uffbasse misse, weil mit däre dinnre Cräm war jo aach die Eisschischd färr se dinner worre! Oah, was hänn mir noch zu schbiele verschdanne!

´s Bobbehaiselsche vun moiner Cousine, de Moni, is ähnlisch wie moi eignes, un hot trotzdämm e schääni Abwechslung zum Schbiele gebote. Wammärr als die Tande Ingrid un de Unkel Fred an Woihnachde bsucht hänn, hots immer drei absolute NonnPlusUltraas färr misch gewwe: de Moni ihr Bobbekisch, de Tande ihrn ultraleggre Kardoffelsalat mit Rindswärschdelscher dezu un Zitronelimo aus blaue Blasdikbescher, un em Unkel soi neieschde Dixi-Audooscher, wo er uns als ganz schdolz gezeigt hot! Awwer wann mir Mädscher dann vor de Moni ihrer Bobbekisch ghoggt hänn, hab isch als en Gang zuriggschalte misse. Isch hab misch dann in die Roll vum *Gaschd*-Bebbsche versetze misse. Die Roll vun de Bobbe*muddi* hadd die Moni inne, ganz klar, wammärr mit *ihrm* Haisel gschbielt hänn! Awwer isch hab ihr Zeisch genauso vorsischdisch un liewevoll behannelt wie moi eigenes. Des hot was mit Bobbehaiselschers-Ehre zu due.

Awwer was hab isch als e Schlärr gezooche, wann isch *nit* die Hauptroll, sondern bloß e Neweroll hadd! Isch wars gewähnt, dass isch dehääm immer die Prinzessin rausghängt hab. Ausgediente, awwer immer noch schääne Gardine hab isch zu moine Prinzessinnekleedscher gemacht, zu schääne Brautkleeder mit mederlange Schlebbe un dufdische Schleier, zu schigge Koschdiemscher un deire Etwie-Kleeder, un zu Seidedischer färr schääne un tanzbegabte Tembeldänzerinne. Die Figure hab isch *alle middenanner* verkerpert, un die ganze Sache waren alle färr misch! Die alde, dunkle un schwere Iwwergardine hänn dann moi Froindinne kriecht. Des waren dann moi Dienschdmädscher un moi Kammerzofe. Na, aller! Die hänn doch froh soi känne, dass se iwwerhaupt hänn mitschbiele därrfe! Isch wars jo aach meischdens gewese, die wo es koschdbare Bobbe-Kaffee-Borzellan-Service färr de Königlische Fünf-Uhr-Tee beigschdeiert hot! Des hot märr erschd emol e anneri noochmache misse! Isch hab moi Befehle an moi Unnergewwene aach immer heeflisch, awwer beschdimmt, weitergewwe: „Reisch märr emol moi Teetässje un e frisches Gebäggsche!"

Un: „Geb märr emol noch e Ribbsche Vollmilsch-Schokklaat!"
Un: „Die Bidder-Schokklaat kännt *ihr* hawwe!"
Un: „Schlebb märr emol moi Schlebb!"
Un: „Kiß märr emol moi Fiß!"
Un: „Habtärr eier Schdeier schunn an misch bezahlt?"
Un: „Schniggel märr emol moi Beddzeisch uff, un butz moin Klo!"

Isch hab als rischdisch *gern* pädagogisch wertvoll gschbielt!

Bei moine annre zwee Cousine, de Mischi un de Astrid, hämmärr in re viel greeßre Bobbekisch schbiele känne. Des war e begehbari Kisch färr rischdisch große Bobbe! De Unkel Hans Hermann, dänne ihrn Vadder, hot e schääni crämweiß laggierdi Kischeschdubb gezimmert, mit vier Wänd, Gardinscher an de kläne Fenschder, isch glaab, misch sogar an Blummekäschde zu erinnern. Do hots e rischdischi Deer zum Uff- un Zumache un zum Noi- un Nausdabbe gewwe! Sogar des *Deersche* hot e klääni Gardin ghabt, do fallt därr doch nix mehr oi! Uff dänne zwee Schdiehlscher, die am Kischedischje gschdanne hänn, hänn sogar mir Kinner hogge känne! In de Schränkelscher war Bobbegschärr, märr hänn rischdische bobbegereschde Esse mache känne. Märr hänn sogar mitgfuddert! Woihnachdsgutsel hots aach gewwe! Die Tande Heidi hadd des goldische Schdibbsche ganz herzisch oigerischd. So was hot se jo aach heit noch voll druff! Die macht aus allem e Bobbeschdubb!

Bevor isch mit moiner Familie dann widder hääm gemisst hab, hammärr noch unsre Bobbe ihrn Gaggarsch ordentlisch mit Pänade-Ehl, -cräm un -puder oigschmiert un in frische Windle gewiggelt. Oah, hot des Zeisch gut geroche! Des war in so hellblaue Minifläschelscher un Minideesjer abgfillt, wo märr moi Tande un moin Unkel als immer emol in re klääne Gschenkdudd mitgebrocht hänn.

Die ganze Schbielereie vergess isch moi Lebdaach nit! Wann isch als dra denk, seh isch des wie so en rischdisch schääne Märschefilm in moim innre Aag ablaafe. Un trotzdämm wars doch immer widder ebbes annres, dehääm vor de eigne Bobbekisch zu hogge. Des war es *schännschde* Schbiele, wo's färr misch gewwe hot. Unser zwee Haiselscher hänn jo newernanner gschdanne. Un wann die Bebbscher sisch an die Fenschderscher gschdellt un sisch uff Hochdeitsch gegeseidisch zugerufe hänn: „*Frau Nachbarin! Kommen Sie riiibaaa!!*", dann war des als de Ufftakt färrs Schbiele ohne Grenze!

34

Märr warn jo e ääfachi Aweiderfamilie mit domols schunn fünf Kinner. Märr hänn färr e ausgfallenes, fantasiereisches un abwechslungsvolles Schbiele oft imbrowisiere misse. Märr hänn nit alles kaafe känne! Noch nit emol en Kauflade! Awwer märr warn jo klewwere Grewwerde! Märr hänn alle Verpaggunge gsammelt un sauwer gemacht, wo dehääm leer worre sinn: Cammemmbärrt-, Eier- un Pralineschachtle, Magrinedeesjer, Fischbiggse, Limo- un Coladose, Gutseldudde, Kaugummibabbierscher, Arzneikäschdelscher, Huuschdesaftflasche, klääne Bleschrellscher vun Kobbwehtabledde, Schammboonflasche un Crämdibbscher, Joghurt-, Budding-, Quark- un Frischkeesebescher, Schellee- un Nutellagläser, Honischdibbscher, Werkzeischverpaggunge, Schdiftboxe un un un... Märr hänn uns aach gegeseidisch e paar vun unsre Schbielsache verkaaft, un hänn se uns während em Schbiele widder zurigggekaaft! So hämmärr aus unsre Kinnerschdubb en regelreschde Supermarkt gezaubert! Märr hadden jo Monopoly-Geldschoi un Schbielminze, un aach e paar eschde Pänning. Un e klääni rodi Regischdrierkass, wo die Pänning noigebassd hänn! Die Schoi hämmärr unner des Kässje odder aach newedrah gelegt. Do is als kaum änner uff die glorreisch Idee kumme, zu klaue! Wammärr als es *Reische-Leit-Oikaafe-im-Luxuswarehaisel* gschbiel hänn, hämmärr mit de Monopoly-Geldschoi bezahlt. E Päggsche Kekse, Milschreis un Schbageddi hot dann zeeh un vierezwansisch Mark koschde känne, e Crämdibbsche bis zu hunnert Mark! Färr e Parfümfläschelsche hoschde an die zweehunnertdreißisch Mark hiebläddre dürfe. Beim Reische-Leit-Oikaafe hämmärr uns nadierlisch in moi Prinzessinne-Gardine-Kleedscher gschäl. Kleeder machen Leit! Märr hänn mit Schbielgeld um uns gschmisse, was die Monopoly-Kass hergewwe hot! Märr hänn em Verkäufer an de Kass Trinkgelder gewwe wie die Barone un hänn nit gewissd, wie hoch märr unser Nas eigentlisch *noch* halte sollen!

Wammärr awwers *Arme-Leit-Oikaafe-im-Tande-Emma-Lädsche* gschbiel hänn, hämmärr die viele große Geldschoi gege e paar wännische Minze ausgedauschd, die Prinzessinne-Kleedscher ausgezooche un uns in die dunkle, schwere Iwwergardine gewiggelt. Märr hänn ausgesehe wie Lumbe-Sammler! Alles, was märr oikaafe wollten, hämmärr uff mitgebrochdem Reschenbabbier ausm Handdeschel uffgschriwwe un die Pänning sorgfältisch zammegezählt. Unser Geld hot jo an de Kass lange misse! Nit dass märr ebbes ausm Warekärbsche widder in die Regale hädden zuriggschdobbe misse! Do hädden märr knallrode Kebb kriehlt! Oah, un was hämmärr uns gfreeht, wammärr an de Kass e Gutsel odder e Scheibsche Worschd kriehlt hänn!

Des Ausdausche vun de Preisschildscher färrs jeweilische Arm- un Reisch-Schbiele war iwwrischens en Akt färr sisch gewese! Ach, was hot des alles Schbaß gemacht! ´s *Reische-Leit-Oikaafe-im-Luxuswarehaisel* is uugfähr so abgange:

„Isch braischd zwee Päggscher Schbageddi. Märr kriehn Bsuch."

„Des macht zwansisch Mark."

„Ou, seit wann sinnen die im Aagebot?"

Odder: „Märr feiern iwwermoije Kinnergeborrtsdaach. Do brauche märr Schokklaatebuddingpulver färr uugfähr dreizeeh Grewwerde un acht Lidder Vollmilsch."

„Des macht achdenoinzisch Oimel."

„Leggs am Arsch, des is desmol awwer preiswert!"

Un im krasse Gegezuuch, wammärrs *Arme-Leit-Oikaafe-im-Tande-Emma-Lädsche* gschbielt hänn, hänn sisch als ganz annre Szene abgschbielt: „Isch hädd gern zwee Breedscher."

„Des macht värrzisch Pänning."

„Ou, des is aawer deier! Dann nämm isch bloß ääns."

Do hot därrs Herz blute känne!

„Kannschd ruhisch *zwee* nämme! Die koschden zwar zamme värrzisch Pänning, awwer wammärr mol *genau* hieguggt, sinn die desmol so klää ausgfalle, dass se bloß zwansisch Pänning koschden."

Odder in de Wärtschaft: „Schenk märr mol bidde e halwes Bier oi!"

„Bei uns gibt's kää halwes Bier. Bloß e ganzes!"

„Do langt märr awwer moi Geld nit! *Was* koschd nochmol e ganzes?"

„Drei Mark achzisch."

„Aach *des* noch! Ihr habt uffgschlaache! Ei, Faier Dunner Keil noch emol, vor värrzeeh Daach hots Bier noch drei Mark seschzisch gekoschd. Un *des* hawwisch märr schunn nit leischde känne!"

„Her, isch mach därr e Aagebot: Du kriggschd jetzert e ganzes Bier un zahlschd bloß die Hälft."

„Wannde des mache däätschd, dann kännt isch noch e Brezzel dezu esse!"

Un schunn hodder soi paar Pänning zammegezählt. Um ääh Hoor hädds em gladd nit gelangt.

„Her, loss emol schdegge. Heit bischde moin Gaschd."

Was färr en Kontraschd!!!

Beim Arme-Leit-Oikaafe hämmärr immer uff Pälzisch gebabbelt. Do hämmärr dann als ganz laut quer dursch de Tande-Emma-Lade in Rischdung Bäggersfraa gekrische: *„Wann kriehnern widder Abbelkuche roi?"*

Beim Reische-Leit-Oikaafe hämmärr uff Hochdeitsch Konwersazion betriwwe. Märr hänn dann in emme ganz foine Schdimmsche zum Konfissärri-Joggel gepischbert: *„Wann kriehnern widder Abbelkuche roi?"*

Also, *der* Unnerschied hot sisch jo *so was* vun im Ohr bemerkbar gemacht! De Ton macht die Mussig! Do hot märr glei gewissd, mit wämmärrs zu due hot! Oah, war des schäää! Isch kann des leider nit aach noch uff Hochdeitsch *schreiwe*, isch hab uff moiner Taschdadur nämmlisch kää Hochdeitsche Buchschdawe. Wassen *noch* alles?

Dann hadd isch noch e Kinnerposchd ghabt. Die hämmärr aach dursch Eigenimbrowisation im Sordimend erweidert! Die Kinnerposchd hot beschdanne aus emme Poschdschalder aus Babbedeggel, der hot awwer ausgsehe wie ´s Original! Hinnerm Poschdschalder hot de Poschdbeamte ghoggt un dodevor soi Kundschaft. Do war so e klää Schaufenschder mit me Schbreschschlitz, un do dursch hammärr hie un her lamendiere känne. Do hots en Hauptschalter gewwe, e Telefon, en Briefkaschde un e paar Briefbabbiersscher, selwärr klewende Briefmärkelscher un e paar Schdempelscher. Jetzert simmärr awwer aktiv worre! Was *mir* alles beigschleeft hänn, um die Poschd weiter zu beschdigge! Formulare vun de „große" Poschd, Karte färr Päggscher un Bageede, Poschdkarte, Bleggscher färr Oischreiwebriefe un lauter so en Kruuschd. Märr hänn vun alte Briefkuweers die Briefmarke rausgschnidde un hänn se mit Uhu als noch *ix* mol uff neie Kuweers gebabbt. In de Schbarkass hämmärr Quiddungsbleggscher krieht, Iwwerweisungs- un Umbuchungsformulare un Vordrugge färr Oizahlungsbelege. Wammärr des als Schbielzeisch hädden kaafe wolle, wäre märr noch ärmer worre, als märr warn. Außerdämm hädden märr *die* Auswahl aach gar nit krieht! Un was war des als färr e mords Gaudi, wammärr mit de Eltern uff die Poschd mit sinn, uff die Bank odder Schbarkass, weil dort hämmärr immer e bissel Babbier mitkrieht. Wann ääns grad uff neiere Formulare umgschdellt hot, hämmärr sogar en Arsch voll vun dänne ihre alde, ausgediente oigseggelt! Oah, was hammärr do uffgebassd, dass uns beim Häämtransbortiere vun dänne Schätzjer nix verkniggt is! In so Sache war isch schunn als Kind iwwerempfindlisch. Do hots kää Eselsohre gewwe un nix! Odder Feddflegge, boah!! Moi Bischelscher waren schunn immer wie geleggt. Wie ausm Ei gepellt! Isch hädd Ooschderhas wärre känne!

Meischdens hämmärr unser wertvolle Babbierscher mit Bleischdifte ausgfillt, um se nooch em Schbiele widder ausradiere zu känne un um dodemit ganz arisch lang unser Freehd dra zu hawwe! Bletzlisch hämmärr alles, was aach nur halwer nooch Babbier ausgsehe hadd un was nit niet- un nachelfeschd färr uns uuzugänglisch uffgehowe worre is, färrs Poschd-Schbiele umfunktioniert. Märr hänn alle Kassezeddel gsammelt: aus de Supermärkt, Abodeeke, Schreibwareläde, Wollgschäfte, Baumärkt, Klamoddeläde, Bischergschäfte, Schuhläde un aus alle sunschdische Kaufhaiser. Die Kassezeddelscher hämmärr gut brauche känne als Zahlungsbeschdädischunge färr unser Kinnerposchd-Kunde. Märr hänn unser klääne Schdempelscher druffgedriggt, hänn *do* ebbes durschgschdrische un wo *annerschd* ebbes hiegekritzelt odder markiert, alles nei ausgereschent un dann ganz groß mit unserm Name unnerschriwwe. Selbschd ausgediente Hausuffgawe-Heftelscher ausm Schulranze hänn en zwedde Friehling erlebt un hänn unser Schbiele uffs allerschännschde verschännert! Erschd, wie märr Reschnunge ausm elterlische Haushalt, Garantieschoi färr Elektrogeräte, Behördeposchd, die Lohnzeddel vum Babba un unser gsammelte Schulzoignisse vorgekruuschdelt hänn, hännse uns de Riggel vorgschowe. Was färr Schbaßbremse! Un mit *so* Leit hämmärr unner *ääm* Dach gelebt!

Isch liwwärr därr emol drei Beischbielscher, wie klor märr als mit de Kinnerposchd gschbielt hänn: De Poschdkunde kummt an de Schalder. De Beamte, wo hinnedrah hoggt, hot gfroocht: „Was willschden?“

„Briefmarke.“

„Was färr?“

„Zum Verschigge.“

„Ja, wie jetzert?! Färr uffn Brief odder was?“

„Nä, färr uff Poschdkarte.“

„Aller Poschdkarte-Briefmarke?“

„Jetzert hoschdes gschnallt!“

„Wieviel brauchschde dann?“

„Vier Schdigg. Was koschdenen die?“

„Zwee Mark.“

„*So deier sinn die?!!*“

„Zwee Mark. Do kannschde mosern un knewwern wie de willschd, dodevun wärren se aach nit billischer.“

Aller hodder mit me Dausender aus em Monopoly-Schbiel bezahlt. Do is de Poschdler ball in die Aarischd gfalle! „Do kann isch därr awwer nit druff rausgewwe!“

„Mach kää Färz! Dann duuschde märrs halt aahschreiwe."

„Un 's näggschde Mol kaafschde widder bloß vier Poschdkarte-Briefmarke?"

„Nä, dann kaaf isch sechse färr uff Briefe."

„Un bezahlschd wahrschoins aach widder mit emme Dausender?"

„Des mach isch so lang, bisde gelernt hoschd, rauszugewwe."

Häddschd Faier kreische känne!

Odder, e annermol: „Hoch mit de Flosse! Des is en Iwwerfall! Her mit de Briefmarke!!"

„Ja, *wassen* jetzert? Die Flosse hochhewe, odder die Briefmarke rausrigge?"

„*Bass´ uff, Klänner!!* Gugg emol: isch halt moi Blatzpatronebischdohl direkt uff doin Zwölfer!"

„Ou, do krigg isch awwer Angschd! Willschde märr jetzert drohe?"

„Dir kännt jo wännigschdens doi Herz in die Hose rutsche!"

„Un des langt därr dann?"

„Isch kann aach e paar Miggefärzjer vor doi Fiß peffre! Die hab isch noch vum letschde Sillweschder iwwrisch! Odder e Handvoll Knallerbse in doin Lade schmeiße!"

Jetzert kreisch endlisch Faier!

Odder: „Do hädd e Päggsche färr misch kumme solle!"

„Wann warn des?"

„Schunn vor zwee Daach."

„Des kännt moije debei soi!"

„Des is nämmlisch färr moin Geborrtsdaach."

„Ou, hoschde heit Geborrtsdaach?"

„Nä."

„Aller eilts jo noch nit."

„*Babbel nit!*"

„Was sollen in dämm Päggsche soi?"

„Des weeß *isch* doch nit! Des is doch e Iwwerraschung!! Schdehschde uffm Schlauch? Pah, vun weege: Die Poschd, doin Froind un Helfer!"

„Ou, do verwechselschde ebbes. Des is die Bolizei!"

„Ja! Un die wärre närr aach ball brauche, wann des Päggsche nit *aagebligglisch* do uffkreizt!"

Oah, was war des färr e geiles Schbiele! Des war so geil, dass es schunn widder pädagogisch wertvoll war!

5

Trotzdämm hots nix schännres gewwe wie moi Bärscher, moi Bobbe, moi Bebbscher un moi Bobbekisch! Un dodra hot sisch bis heit nix geännert: Im Compjuder-Zeitalder weeschde jo manschmo nimmi, wo därr de Kobb schdeht. Do gibt's sogenännte *Ei-Podds* färr zum Musik heere! Un *Ei-Fohns,* schdadd emme ganz schdinknormale Händy! Do brauchschde bloß en Name odder e Nummer noiknewwre, un schunn meldt sisch ääner am annre End! Des is jo faschd wie mit de Iwwerschallfluuchzeische: do kummschde in Nju Jork aah, bevor de in Sibirije abgflooche bischd!

E anner Beischbiel: Isch kann mit unserm neimodische Fax zwar alles faxe, was isch will, awwer isch kann selwärr kää Fax krigge! Teschnische Färz!! Isch weeß nit, wie de Fotoabberat in moim Händy funktioniert, un soll jetzert per ganz leischdem Aadibble uffm Disspleeh ins Indernedd kumme! Odder wann e Migg uffs Disspleeh hubsd! Därfschd bloß nit huuschde, sunschd wärrd de Guugel ärr! Un wannde doi Händy ganz leischd schiddelschd, leesd des irgendwo e Beschdädischung färr irgend ebbes aus. Ei, her, wann isch des aus Versehe zweemol schiddle du, odder wann moi Händy in moiner Handdasch beim Bummle hie un her waggelt, hab isch glei irgendwo zwee Kinnerscheese beschdellt. Färr die Kinner, wo märr nit hänn!

Un deswege: Im Compjuder-Zeitalder un allem teschnische Schniggschnagg sinn Bebbscher un die klääne Schdubbe, wo se drin wohnen, sowie Teddybärscher un die klääne Hehle, wo se drin brummen, des Herzischsde, was es gibt! Wann zum Beischbiel e Teddybärsche in doi Lewe borzelt, dann *isses* um disch bassiert. Dann is nix mehr so, wies vorher war. *Isch hab selwärr so e klääni Vollmeise abkrieht, schreib awwer trotzdämm Bischer. Vielleischd aach grad deswege! Isch weeß, vun was isch babbel!* Wärrklisch, so en Bäre-Hau-hawwe topts voll! Ääni vun soine liewenswerteschde Eigenschafte, wo en Bär hot, is die, dass er die rode Fruchtgummis vun *Bäribo*, soi Lieblingssort, immer mit därr deelt!

Moi zwee erschde un dodemit dienschtäldeschde Teddybärscher, de Mungi (en klääne Große Panda) un de Bär (en klääne großardische Teddy), sinn märr an Woihnachde in de Johre 1973 un 1974 jeweils als klääni Zugab zum Hauptgschenk bscheert worre. Wo's Krischdkinnel mimm Gleggsche gschellt hot, hots moi ganzes Lewe verännert. Die zwee Bärscher hänn moi ganze annre Gschenke, wo isch krieht hadd, in de Schadde gschdellt. Die hänn wie Könische uffm Gschenkeberg gethront, uffm Blätzel glei reschds newerm Krischdbaam, direkt vorm Wohnschdubbeschrank. Isch hadd jo des Blätzel durschs Schlisselloch nimmi oisehe känne, weil die Eltern jo emol dodemit aagfange hänn, des Leschel zuzuschdobbe. Wann isch die zwee Bärscher nämmlisch *gsehe* hädd, dann hädd isch se nämmlisch schunn *vorm* Heilisch Owend in moi Bedd geholt! Isch kann mit Fuuch un Reschd behaupte, dass märr quasi um zwee wertvolle gemoinsame Näschd in unserm Lewe beraubt worre sinn, moi zwee Herzbärscher un isch!

So hänn se also uff moim Gschenkebergel gehoggt un hänn misch mit ihrm ureigne „Gugg-wie-lieb-isch-gugg!!"-Bligg aageguggt. Do wars egal, dass es noch e foines Borzellan-Service färr moi große Bobbe un klääne Meewl färr moi Bebbscher gewwe hot. Mir hänn jetzert erschd emol gschmusd wie frisch Verknallte.

Märr schmusen *heit* noch!

De Liewe Gott hot die Lieb, die Freehd un alles Schääne un Gude gschaffe. So isses iwwerhaupt kää Wunner, wo die klääne Teddybärscher herkumme! Wann isch se hinner de Plüschohrscher krabbel, do, wo ihr Fell bsonners himmlisch riesche duut, dann heer isch ihr dankbares Brumme, un mir sausd lauder Brausegekitzel dursch de Bauch!

Die Bärscher borzeln aach heit noch dursch unser Lewe. Sie machens sich mit uns dehääm gemiedlisch, fahrn mit uns fort, schoggeln un bobbeln uns, aach wammärr traurisch sinn; märr vertraun uns ääfach. Un märr hänn uns jo *sooo* ebbes vun lieb, her! In ihre klääne große Herzjer wohnen liewe, gietische Plüschtierseelscher. Un kää äänzisches vun ihre Verschbresche dun se jemols bresche!

Un es sinn Aahschdeller. Alle middenanner. Do is ääner besser wie de annre. Awwer hallo! Wannden bei ihre Lausbärereie zuguggschd, odder wannde ihr Abentoier in moine Bischelscher noochlese duuschd, muschde ääfach lache. Es geht nit annerschder.

Vor e paar Monat hänn de Klaus un isch unsern zeede Hochzischsdaach gfeiert! In Zeeh-Johr-Verheirat-soi, do schdeggt märr sich gegeseidisch mit allerhand aah. De Klaus is inzwische aach vun dämm, selbschd vun Fachärzt noch nit als heilbar deklarierte Bebbscher- un Bärscher-Virus befalle. Un des alles, mit *ohne* Fiewer zu krigge. Im Gegedeel: die klääne Kerlscher halden uns regelreschd gsund. Märr hänn heekschdens als emol e bissel Schbinnefiewer, weil uns so viel Bärisches dursch de Kobb geht.

Moi Bobbekisch gibt's jo jetzert schunn seit zweejevärrzisch Johr. Es schdehen erschde greeßre Renovierungs- un Reschdaurierungsärwede aah. De Babba hot in emme erschde Schridd schunn emol 's Bobbehaiseldach un de Kamin ausgebessert, un er hot die Dachterrass wie e Gärtsche oigezoint. Do kann jetzert kää Bebbsche mehr nunnerfalle. Die Bebbscher hänn glei emol zu dridd vun wer weeß woher ihr alti Hollywudd-Schaukel beigschleeft un hänn se newers Schoggelgailsche uff ihr neiji, sischeri Dachterrass gschdellt. De Babba hot aach e Autogarahsch direkt newer die klää Kischeschdubb im Erdgschoß aagebaut. Jetzert können die Bebbscher ihr Großoikäuf direkt ins Kischeschdibbsche traache un missen se nimmi iwwer de Grasweg, der wo rund um ihr Haisel fiehrt, un aach nimmi durchs ganze Unnergschoß schlebbe! Un de schmale Grasweg, der wo rund ums Haisel zum Bobbehaiselschers-Oigang fiehrt, is jetzert in ään mit Holz umzointe, große Gaade integriert. Des sieht jetzert rischdisch klor aus!

Wammärr e bissel mehr Zeit hänn, wärrd sich de Klaus an die näggschde Aweide mache. Der is nämmlisch vun dämm Virus schunn dermaße befalle, dass er sogar am Wohnzimmerdisch aafange wollt mit Schaffe. Bebbsche, igg hör dir dabbse! Des kann jo änner gewwe!

Märr hänn aus unsre Flidderwoche schunn emol e paar Bobbekische-Dabeede mitgebrocht, wo aussehen wie moi erschde Dabeede vun frieher. Des hot e klää Vermeege gekoschd! Debbische un Deggeverkleidunge missen gsucht un sorgfäldisch ausgewählt wärre. Färr Fenschdergardinscher un Bebbscherklamodde kann isch jetzert selwärr sorge, dodefor braucht sisch die Mama die Finger nimmi wund zu noodle. Isch bin e großes Mädsche worre! Die Owende wärren nit langweilisch wärre. Es geheern e paar neie Seggelscher un Unnerhesselscher gemacht un lauder so en Kram. Die Elektroleidunge missen unner Butz verlegt un die Elektrizität uff de neieschde Schdand gebrocht wärre. Außerdämm soll die Außefassad verklinkert wärre.

Siehschde, sogar im Miniaturelewe gibt's Uffträäsch noch un nescher! Awwer wammärr emol vor me teschnische Problem schdehen, odder wann uns die Ideeje färr e pfiffischi Gschdaldung fehlen: Märr hänn iwwer Johrzehnte e gut sordierti Fachliddradur zum Thema Bobbehaiselschers- un Miniaturewelt gsammelt. In de Zwischezeit

42

schdellen märr die Bobbekisch so uff, wie se is. So hot se schunn färr viele Bobbezeitschrifde fototeschnisch Modell gschdanne:

Färr

Schännres Bebbscherwohne

un färr

Im Bärehehlsche

sowie färr die idalianobärisch Ausgab

Wohne dem Puppelsche so gemütlisch

un färr

Brummte die Bärsche in die Höhlschenschtubb

Middlerweil treffen in de Bobbekisch klääne Meewl aus de Seschzischer Johre uff Oirischdunge vun heit. Un iwwer zweejevärrzisch Johr alde Bebbscher, die wo domols nooch Färtischschdellung do oigezooche sinn un heit noch do drin wohnen, schbielen mit de Bebbscher ausm Äänezwansischsde Johrhunnert, die *aach* do wohnen. Isch hab moine klääne Bobbehaiselbewohner die Lieb zu de Teddybärscher weitervererbt. So brauch märr sisch iwwerhaupt nit zu wunnre, dass immer widder ääh Feschdel noochem annre in de Bobbekisch gfeiert wärrd!

Am noinezwansischsde Juli 1999 hänn die Bebbscher un Bärscher 's bislang greeschde Feschdel in de Bobbekisch gfeiert:

De Lorrd un die Lädy Petz
hänn sisch 's Ja-Wort gebrummt!

Schbeziell dodefor is die Bobbekisch in emme zwedde Schridd weider renoviert worre. Des Hochzeits-Bankedd hot quasi in emme eschde *Doll's Palaschd* in neiem Glanz gschdrahlt! Gfuddert hännse vun ganz schdilvollem, foinschdem Borzellan un edelschdem Dafelsilwer. Serviert hot e idalianobärisches Scheffkochbärsche, de Bärduardo. Her, der hadd

43

alle Tatze voll zu due, um die ganz Bagahsch sadd zu krigge! Die Bebbscher selwärr, die waren in ihre eigne klääne Kischeschdubb die Vorkoschder färr de Bärduardo. Un vun iwweraal her hänn se gut erhaltene un gepflegte, schunn faschd antike klääne Meewl beigschleeft, um in dänne frisch renovierte Schdibbscher en Tatsch vun altertiemlisch antiker Gemiedlischkeit zu zaubre. De Bärduardo hädd se fresse känne vor lauder Lieb! Die hadden awwer aach Ideeje! Un weil se ihr Schdibbscher färr des Bärefeschdel vermietet hänn, hänn se vum Teddy *Heidelbär* Waldbienehonisch krieht, mit de Garantie färr Noochschub uff Lewenszeit. Also färr immer! Was färre Uffwertung färr kinfdische Kaffeeklatsche un Kakaotratsche in däre urgemiedlische Kischeschdubb!

Awwer die gemiedlisch vorwoihnachdlisch Adventszeit is nooch wie vor aach färr moi klääne Bobbe ääni vun de schännschde Zeite. Moi Lieblingsbebbsche Katja Katrin Darrow verschdehts, mit ihrer Bobbemuddi die klää Wohnschdubb in ihrm Haisel in Norwege mit skandinavischem Charakter zu erfille. 's Beebybebbsche krabbelt uff soim Schafwollekisse rum. Des is emol e Gschenk zum Erschde Advent vum Meischder aus de Skandinavische Woihnachdswerkschdadd gewese! In warme Hirte-Deggscher oigewiggelt hoggen die klääne Bobbe bei heeßem Tee mit frischer Rentiermilsch un allerfoinschdem Woihnachdsgutsel beinanner, un versießen sisch die lang Warterei uffs Krischdkinnel. Dass des awwer aach immer so lang braucht, bis es endlisch hergflooche is! Des missd doch so langsam emol dänn Weg känne!!

Isch kann jetzert nit saache, wer als es meischde funkelt: 's edle Borzellan-Service mimm Goldrand, odder die vor Neigier große Kulleraagelscher vun de Bobbekinner, die en ball aus ihre Gsischdelscher falle wollen! An dänne schääne Advents-Owende därfs Beebybebbsche e bissje länger uffbleiwe als sunschd. Bis halwer elfe! Awwer trotzdämm muss es als erschder ins Neschd. Weils noch so klää is! Es beschließt ganz hoimlisch, schnell greeßer zu wärre un wännischer schnell mied. Kaum liegt der Knoddelbobbel im Bedd vun soiner Bobbemuddi, fallen em aach schunn die Kulleraagelscher zu. Am Heilisch Owend selwärr schdrahlt de gülden glänzende Goldrand vum Edelborzellan wie en Brilljand un macht em Schdrahle vun dänne viele klääne Kulleraagelscher alle Konkurrenz!

44

Kannschd därr jo vorschdelle, dass sisch die urschbringlisch klää Bobbehaiselfamilie weiderhie vergreeßert hot! Un dass viele klääne, junge Leit in des Haisel dezugezooche sinn! ´s hot sisch nämmlisch rumgschbroche, dass es dort die „Klää heil Welt" wärrklisch noch gibt! Un aach, dass des klääne blaue Schbielzeisch-Entsche in de inzwische hellblau-weiß uffgepebbte Badeschdubb widder uff die kläänschde Bobbehaiselbebbscher warte duut, um mit dänne uffm Bode zu hogge un zu schbiele.

Am Heilisch Owend im Johr 2000 hadden sisch erschdmols Jung un Alt in moiner Bobbekisch getroffe! Ei, her, die hänn sisch klasse verschdanne! Un was hänn se sisch all gfreet iwwer die viele Gschenke! Do hot e Schbortrennrad in de Egg gschdanne färr ganz mutische Bebbscher, die wo ganz heeß druff warn, dänn Drohtesel drauße im Schnee zu reite! Nix do, vun wege Froschd-Aggregate! ´s hot des beriehmte Mit-guter-Budder-Woihnachdsgutsel gewwe, des jetzert schunn seit Generatione in unsre Familie gebagge wärrd; aach in de Bobbekisch! Der leggre Duft loggt sogar en Hund aus soiner Hidd! Im Radio hännse ään Hit noochem annre vum Heintje gschbielt, des is de Bebbscher ihrn Liebling. Dänn verehren se so arisch arg, dass se sogar e Bild vunnem in ihrer Wohnschdubb hänge hänn! Na ja. Gschmaggsach! Isch halt moi Maul. Unnerm Krischdbäämsche hot e winzischi Woihnachdskribb gschdanne, in rer Schdreischholzschachtel dekoriert. E middelalderlischi Ridderburg hot die Buwe-Bebbscher in die Knie gezwunge. Sogar e winzischi, elektrisch beloischdedi, urgemiedlischi Bobbekische-Bobbekisch, wo nit nur die Mädsche*bobbe*herze heejer schlaache lossd, hot in däre gute Schdubb nit gfehlt. Die hänn sisch all faschd die Seel ausm Leib gfreet! Um ääh Hoor hädden se vor lauder lauder de Schbiel-Aapiff vun ihrer Lieblingsfußballmannschaft verbassd. An Woihnachde tridd die nämmlisch immer zum *Doll´s Woihnachds-Cup* aah, un der wärrd als im Färrnsehe iwwertraache.
    Mir isses grad, als wär des alles erschd geschdern gewese.

Die Bobbehaiselschers-Großfamilie is Johr färr Johr immer „ganz ausm Bobbehaisje" in ihrer Woihnachdsschdubb, wanns Krischdkinnel do gewese is! Awwer *aach* die Teddybärscher hänn sisch in dänne klääne Schdubbe oigenischd! Un des is jo so ebbes vun goldisch! Schbäteschdens jetzert muschde se *aach* gern hawwe! Isch selwärr hab emol nit schleschd gschdaunt, wie misch beim vorletschde

Woihnachdsfeschdel die neie Mitbewohner vun moiner Bobbekisch begrießt hänn: do hots gebrummt wie in äänrer Bärehehl! Die Teddybärscher hadden die Bobbekischewohnschdubb belaachert! ´s klännschde Bärsche, de idalianobärische Borzelino, hots vor Schbannung un Neigier nimmi ausgehalte. Er wollt endlisch wisse, was in dänne viele bunte Päggscher, wo de *Nikobär* gebrocht hot, drin is! Am Vor-Owend zum Heilisch Owend hot des herzische Plüschkerlsche unnerm Krischdbaam gschdanne un hot lispelnd des Woihnachdslied gebrummt:

*"Oh, du freeh-heeh-lisse,
oh, du seeh-heeh-lisse,
gna-den-bri-ngen-de
Woih-nachds-päggser!"*

Un:

*„Freeh-heeh-heeh miss,
freeh miss uff die
Aus-pagg-zeit!"*

Oah, was hab isch dänn Knoddelkäwwer in moi Herz gschlosse! Moi *Haisel* deet isch verkaafe, um dämm klääne Kerl zu helfe, wanns soi missd!

Noochmiddaachs hänn die Teddybärscher vorm Färrnseher ghoggt un hänn ganz gschbannt *Märr warten uffs Nikobärsche* geguggt. Isch hab vor lauder Freehd un Gligg gegrinsd wie en Honischkuchebär! Moi Herz is iwwergflosse vor lauder Lieb zu dänne sieße Windelbrummer un herzallerliebschde *Pämbärs*-Scheißerscher! So liewe, troie Gselle findschde nie nit noch emol! Die Bärscher hänn e Woihnachdsfeschdel erlebt wie sunschd noch nit devor! Sie warn „ganz ausm Bäre-Hehlsche" in däre gemiedlische Schdubb, wie de *Nikobär* do gewese is! Do is e Raschle un Knischdre dursch die bärisch Woihnachdsschdubb gange, wie *ix* große un klääne Bäretatze die Gschenkbabbiere vun de Gschenke geknubbelt hänn! ´s hot nur so gerauschd! Färr jedes Bärsche-Alder hots es bassende Gschenk gewwe! Die Mädschebärscher hänn feischde Knobbaagelscher kriet, wie se zwee Mini-Bobbekische mit elektrische Lämbelscher entdeggt hänn! Die Mädschebärscher un ihr klääne Bobbekische hänn mimm Krischdbäämsche um die Wedd gschdrahlt! Die idalianobärisch Oma, die Nonna Angelina Paola, un ihrn

46

Brummgemahl, de Oba, Nonno Guido, sowie die Urbrummi Elisabärth un de Urbrummer Siegbärt warn ganz ergriffe vun re klääne, in ääner Schdreischholzschachtel unnergebrochde Woihnachdskribb. Die Nonna Angelina hot gebrummelt: „Guck, meine liebbes Guido-Bärsche, iste die liebblisches Weihnacktskrippsche nitte wuuundeeerschööön?" Un de Nonno Guido hot gebassbrummt: „Dock, iste voll die Wahnsinn mit dem allerkleinschtes Krippsche fur Guiseppe, Marrie unde die pìccolino Bobbelsche! Bärdonna mia!" Dodebei hot er genisslisch soi *Teddynger Weissbeear* gsoffe. E Schoggelgailsche, e Ridderburg un e Dampflok mit allerklännschde Miniatur-Schaffner-Bärscher hot die klääne Buweplüschherzjer heejer schlaache losse. Die greeßre Buwebärscher hänn e Schbortrennrad, e Keddcar mit Schdorzhelm un e Schdereo-Radiogerät krieht. „Guck, mein liebbes Angelina, wie freute sisch die Läusebärsche ubär die Fahrrädsche unde ubär die pìccolo Auto mit die Astronautenhütsche fur auf die Pluschkopp, unde ubär dem Musikmaschin! Könne dem schpiele die Tschäzzmusik! Iste rischdisch gemutlisch heute an die Heiteres Abend! *Nikobärsche* hat guttes Arbeit hingekriegkt! Kriegkisch kongkret dem Tränsche in die Knopfauge!"

De Nonno Guido hot sisch iwwer neie Schie gfreeht, weil er mit dänne vum Lachsfisch-Fange schneller in soi hoimische Hehle zu soine hungrische Teddymailscher kummt, um se zu schdobbe, wann er mit dänne in de Kanadische Wälder iwwerwintern duut.

Alder! Isch hab misch ganz ruhisch verhalde, wie isch des Schbekdaagel beowwacht hab. Isch wollt dänne Bärscher nämmlisch nit des Gfiehl gewwe, beim Beowwachte beowwacht zu wärre. Verschdehschde?

Wohlische Brummlaute un freehlisches Tratschgebrummel hänn die gemiedlisch Woihnachdsschdubb erfillt, in die isch misch ´s liebschd noigebiemt hädd! Die Bobbekische-Bebbscher hänn märr vertraulisch un verschdändnisvoll mit ihre klääne Kulleraagelscher vun ihrer klääne Kisch aus zugezwinkert. Ach Kinner, nä, was isses nur schunn widder so goldisch! Dass in dänne ihre gemiedlische klääne Kischeschdubb zum erschde Mol in ihrm Lewe de Bär los war, hot unser aller Herz geriehrt. Awwer wie! Oah, wie schäää!!

Die Bärscher hadden in ihrm Kischeschdibbsche alle Tatze voll zu due. Do sinn märr Dift in die Nas gschdiege, dass märrs Wasser im Mund zammegeloffe is! Leggre Fischhäbbscher mit Dill un Dibbequark! Herrlische Woihnachdsgutselscher! Nusstaler! Aller-aller-allerleggerschde Zimtschderne mit Zitrone-Zuggerguss un mit rosanem Zuggerguss!

Buddergebäggscher mit Eigelb beschdrische! Schoko-Schdreiselscher mit bunte Zuggerperlscher owwedruff! Kakaomonde! Zuggerriwwle! Kokoswaffle! Schokobrezzle! Honischblätzjer! Delikadesse aus Marziban un Schokklaat un Schellee, mit Zitrone-Zuggerguss verziert! Un Bescher voll mit heeßer, dambender Schokklaat un honischsießer Sahne mit emme bsonnre Schuss Honisch! Un Brauselimo ohne End! *Was* färr e *Nikobäre*-Feschdmahll!! Do kännd isch dausend Ausrufezeische uff moiner Taschdadur brauche, um genuuch dodevun hinner die äänzelne Leggerlidäde tibbe zu känne!! Ei, her, die hänn in Saus un Brauselimo gfeiert!

Un uff äämol hab isch nimmi gewissd, was isch liewer wär, wann isch die Wahl hädd: e Bärsche odder e Bebbsche?

Irgendwann dann wars uff Middernacht zugange. Isch hadd schunn gemäänt, jetzert isses vorbei mit de gemiedlisch Gemiedlischkeit; jetzert dabben märr all in unser Neschd, un moije is de Glitzer-Glatzer-Glanz verflooche. So in der Art. Peifedeggel! E Kribbeschbiel hänn se oischdudiert, isch hab misch jo so was vun gfreeht! Unser alljährisches Kribbeschbiel mit de *Heitre Drei Bärische* hänn die Bobbekischler erschdmols mit drei heitere Bärscher bsetzt! Un mit *was* färr klewwre Kerlscher! Die warn wärrklisch nit uff de Plüschkobb gfalle! Die hänn däre Liewe Woihnachdsfamilie ganz klore Gschenkelscher in die Kribb gebrochd. Do muss märr erschd emol druffkumme! Nix do vun wege Gold un Weyrauch, un des alles villeischd aach noch mit Murre! Die *Heitre Drei Bärische* hänn Mut zur Ligg bewiese: etlische Käschde mit *Teddynger Weissbeear* hänn se beigschleeft färr de Joe, zwee *Mon Bärschi*-Torte *Vun Verehro*, die mit de Bärmont-Kärsche färr die Marrie, un en Arsch voll *Pämbärs* färr dänn neie zarte Bobo vun dämm neie Bobbelsche, wo do in däre Kribb gschdrambelt hot!!!

Woihnachde is effder. Wie schäää!!

Middlerweil isses Bobbehaisje von moiner Schwesder un des vun moiner Cousine bei *uns* dehääm oigezooche. Moi Bobbekisch hot jetzert widder ihr alte Nochbre zu ihrer Reschde, un neie zu ihrer Linke! Es is zu schää, die viele klääne Bebbscher un Bärscher in dänne viele Schdibbscher wohne, schbiele un rumsause zu sehe! Un hier un do lautes Schwatze un Schmatze un Brummle un Brumme un Klatsche un Tratschgebrummels zu heere! Die Bärscher hänn sisch ganz schnell aach an die zwee neie, alte Bobbekische gewähnt. Un hänn sischs an de letschde Woihnachde in dänne Wohnschdibbscher, wo de *Nikobär* e Tohuwaschbäru an Gschenkeberge hinnerlosse hot, widder emol rischdisch gemiedlisch gemacht un aach die neie klääne Woihnachdsgutsel-Kischeschdibbscher bei ihrm freehlische Tratschgebrummel „uff de Plüschkobb gschdellt"!

De Klaus un isch, mir kennen uns jo seit 1992. Un seitdämm bschdeht er druff, dass unser eigeni Woihnachdsschdubb – dursch die Gsellschaft von moiner Bobbekisch mit ihrm ureigene Lischderglanz – aach weiterhie während de gemiedlische Winterowende bereischert un verzaubert wärrd.

Uff dänn lieblische Aabligg vun dämm klääne Bobbemädsche, wo newerm hell loischdende Krischdbäämsche uff ääm vun soiner Bobbemuddi gehäkelte, middlerweile antike Kisse vor soim neie, mit emme elektrische Lämbelsche beloischdete Mini-Bobbeschdibbsche in moiner Bobbekisch hoggt un schbielt, wo ihrn klääne Teddybär newer sisch leie, un viele große un klääne noch nit ausgepaggte bunte Päggscher um sisch rum verdeelt hot –

uff *dänn* lieblische Aabligg *wollen* un *können* märr alle zwee *nit* verzischde! Verschdehschde? Wann nit, dann les dänn Satz grad nochmol. Hab isch aach mache misse! Der is wärrklisch e bissje lang; awwer *was er nit alles an sendimendaler Schönheit in sisch bärge duut!* Es is herzallerliebschd, debei zuzugugge, wie die Bebbscher mit ihrer klääne Bobbekisch schbielen. Nadierlisch dürfen aach unser Bäre un Bärscher nit fehle. Niemols! Mit dänne zwee neie, alte Bobbehaisjer hawwen se jetzert noch mehr Platz als bisher un können sisch nooh Bärzensluschd ausbreete un ausdowe! Bloß bei uns wärrds langsam e bissel eng…

Awwer: Hand uffs Herz. Kammärr widderschdehe, wann so en liewe Mann, wo selwärr emme Teddybär, emme wascheschde Petz gleiche duut – kammärr widderschdehe, wann so en Bäremann ohne Uffforderung in de Adventszeit uff de Schbeischer nuffkraxelt, dort alles uff de Kobb schdellt, sisch in däre Kält do owwe ball de Arsch abfriert, also wann *so änner* die Bobbekische runnerholt un brummt: „Polly, wo schdelle märrn die Bobbekisch dessmol hie: liewer *do*, odder besser *do*?"
Nää!!! Jaaa!!!
Des heeßt: kammärr widderschdehe? Nää!!!
Hämmärr noch e Blätzel färr die Bobbekisch? Jaaa!!! Immer!!!
Aller hobb. Frohi Woihnachde, un e gemiedlische *Nikobäre*-Zeit…

Bobbe un Bäre

Doi Kinnerscher
aus doiner Kindheit

E Dischdung
© 2002 Heidi Groh-Ott

Bobbe un Bäre
´s Liewenswerteschde, was märr hänn

Bebbscher un Bärscher
an Liewenswierdischkeit uuiwwertrefflisch

Mach doi Aage zu.
Siehschde se immer noch, herzallerliebschd?
In all ihre Schdibbscher, Haisjer
un klääne Hehle,
so gemiedlisch?
Erkennschde dänne ihr nie endendi Troie
in ihre gietische Knobbaage un Kulleräägelscher?
Du därrfschd disch Gliggskind nenne,
dassde dänn schännre Deel vum Lewe
genieße därrfschd!

Färr all moi liewe Froinde
im Juli 2002

Heidi Groh-Ott

Mach emol Urlaub in moim Seelegaade

Uff Pälzisch

En ganz annere Reisefiehrer als des,
was es sunschd so gibt

Erscheint in Kürze im Buchhandel, in den Online-Buchshops (z. B. libri.de, amazon.de, Schweizer Buchzentrum sbz.ch) und natürlich im BoD-Online-Buchshop!

Des is sozusaache en Reisefiehrer vun re ganz bsonnere Art. Do geb isch därr e paar Tibbs, wie ´s Lewe leischder gehe kann! Wie märr mit Quertreiwer umgeht. Wie märr se zur Ressong bringe kann ohne viel Gelärschs. Do kriggt so mansch ääns regelreschd Regatt! Her, die schdehen schdramm wie en Schdegge! Selbschd die schduurschde Dabbschädel, die bleedschde Kieh, Riewenigggel, Dollbohrer un Wolldowe kummen mit emme blooe Aag devun un missen zugewwe: Die Lieb isses Beschde, was emme Menschekind hot bassiere känne! Un die, wo vun vorneroi brav sinn, genießen ihr Gligg halt e bissel frieher als die onnre. Aach nit verkehrt!

In moim *Seelegaade* zähl isch därr e paar klore Beischbiele uff, wo de noochmache kannschd. Un du kannschd därr neie Hobbies aaeigne. In dämm Bischel begegenschd allem, was moi Lewe so liewenswert un froh macht. Märr lernt dursch des Bischel, wie märr mit Querulande färrdisch wärre kann, ohne dass es Krach gewwe muss!

In moim *Seelegaade* isses aach schää bunt. Do wachsen newer Blimmelscher aach Bischer, Hobbys un lauder goldische Sache. Do lewen große un klääne brummende Teddybärscher, lachende un schbielende Bobbe un Bebbscher. Bemerkenswerde Tiere un friedlische Mensche, die en liewevolle Umgang middenanner pflegen, freehn sisch am gewaldische Ausmaß vun de schääne Naddur.

Der *Seelegaade* hot sogar en Schlosspark! Un *do* middedrin, *do* hoggt de Liewe Gott uff Soim Goldne Schdiehlsche. Ach, wie schää!

Pagg awwer selwärr doin Koffer un gugg emol bei märr vorbei!

51

Heidi Groh-Ott

Hiob Teddorius' Lausbärenjahre

Das erste Bärchen-Märchen für
Bärwachsene im Bubu-fähigen Alter

Erhältlich im Buchhandel,
in den Online-Buchshops
(z. B. libri.de, amazon.de,
Schweizer Buchzentrum sbz.ch)
und natürlich im BoD-Online-
Buchshop!

140 Seiten
ISBN 978-3-8391-5278-2

Der Weg vom Säugeplüschi zum Jung-Bärwachsenen. Vom ersten kleinen Teddybären, der aus dem Nähkästchen plaudert und vom Kaiserbärchen-Dasein träumt! Brummgewaltig und eindrucksvoll bärichtet Babybär Hiob Teddorius von pelzsträubenden Abenteuern, die er im Plüschbauch seiner Mama erlebt. Und wundert sich gar sonderlich übär das nächtliche, sonderbare Gebrumme seiner Teddyeltern.

Das erste Bärchen-Märchen für Bärwachsene im Bubu-fähigen Alter. In bärfekter Teddyischer Brummsprache! Darf nicht in die Tatzen von Windelbrummern und *Pämbärs*-Rockern gelangen. Tatzen weg, ihr Pubärtäter!